INOCENTE Y SENSUAL

JANICE MAYNARD

HARLEQUIN™

Editado por HARLEQUIN IBÉRICA, S.A.
Núñez de Balboa, 56
28001 Madrid

Inocente y sensual, n.º 1963 - 5.2.14
Título original: Taming the Long Wolff
Publicada originalmente por Harlequin Enterprises, Ltd.

I.S.B.N.: 978-84-687-3970-0
Depósito legal: M-33349-2013
Editor responsable: Luis Pugni
Fotomecánica: M.T. Color & Diseño, S.L. Las Rozas (Madrid)
Impresión en Black print CPI (Barcelona)
Fecha impresion para Argentina: 4.8.14
Distribuidor exclusivo para España: LOGISTA
Distribuidor para México: CODIPLYRSA
Distribuidores para Argentina: interior, BERTRAN, S.A.C. Vélez Sársfield, 1950. Cap. Fed./ Buenos Aires y Gran Buenos Aires, VACCARO SÁNCHEZ y Cía, S.A.

Capítulo Uno

Larkin Wolff se detuvo frente al dispositivo de control de entrada, apretó un botón y mostró su identificación. Se iluminó una luz verde y se abrió la puerta. Larkin atravesó una entrada serpenteante construida de piedra blanca. Muchos de sus clientes vivían en propiedades aisladas pero Larkin había visto pocos lugares tan tranquilos e idílicos como aquel, con los campos de color esmeralda, robles majestuosos y bosques de sauces llorones que bordeaban un arroyo serpenteante.

A pesar de que tenía la sensación de que en aquel lugar se detenía el tiempo, no podía evitar estar alerta. Era vigilante de sistemas electrónicos de seguridad y de otros cibernéticos más sofisticados. Por ello, había desarrollado lo que sus hermanos y primos denominaban un sentido exagerado de la inseguridad.

Haber crecido en Wolff Mountain había hecho que se convirtiera en un hombre, y a pesar de ser el hijo mediano y de tener un pasado problemático, había conseguido que la confianza en sí mismo permaneciera grabada en su ADN. Sin embargo, ese día se encontraba inquieto a causa de aquella reunión y no sabía por qué.

Finalmente aparcó delante de la casa. En el vecindario de los alrededores de Nashville vivían leyendas de la música country, magnates de la industria de la música y todos aquellos para los que el dinero no suponía un problema. La casa de dos plantas de ladrillo rojo se alzaba con elegancia en el terreno, y sus numerosas ventanas brillaban con el sol de la tarde.

Larkin recogió su cuaderno y su ordenador portátil y salió del coche, inhalando el aroma de las rosas y la tierra mojada. A pesar de que se había criado en un castillo moderno, aquella fachada lo impresionaba.

Llamó al timbre con forma de cabeza de león y esperó. De pronto, se abrió la puerta y apareció una mujer delante de él. Era bajita y apenas le llegaba a la altura de los hombros. Iba descalza y vestía un peto corto que le llegaba por la rodilla. Aparentaba unos dieciocho años, era rubia y su cabello ondulado enmarcaba un fino rostro. Con cautela, lo miró con sus ojos color verde y lo saludó:

–Hola.

Larkin sonrió un instante tratando de no fijarse en la camiseta blanca que llevaba bajo el peto y que dejaba en evidencia que no llevaba sujetador. La curva de sus generosos senos se marcaba bajo la tela.

–Me llamo Larkin Wolff –dijo él–. He venido a ver a la señorita Winifred Bellamy.

Winnie se sintió ligeramente mareada. Hacía mucho tiempo que un hombre atractivo y viril no traspasaba el umbral de su puerta.

–Yo soy Winifred –dijo ella, mirándolo de arriba abajo–, pero por favor, llámeme Winnie –dio un paso atrás y esperó a que entrara para acompañarlo hasta el salón.

Se sentó en una butaca y gesticuló para que su invitado se sentara en el sofá.

–Gracias por venir tan rápido, señor Wolff.

Él se encogió de hombros.

–Su nota indicaba cierta urgencia.

–Sí –experimentó una sensación de miedo y ansiedad y trató de combatirla. No era una víctima. Tenía el control–. Imagino que leyó el artículo que adjuntaba.

Él asintió.

–Así es.

Winnie Bellamy había aparecido en la revista *Arista Magazine* dentro de la lista de las veinte mujeres más ricas de América.

–¿Y por dónde empezamos? –dijo ella, tratando de aparentar seguridad en sí misma.

Larkin Wolff no estaba seguro de qué era lo que ella quería de él.

–Cuénteme cosas de su familia. ¿Cómo ha terminado entre la lista de mujeres ricas?

Normalmente, Larkin habría abierto el ordenador y estaría tomando notas, pero no quería perderse las expresiones de Winnie. Su postura y sus movimientos proyectaban dignidad. Se movía con elegancia, como si se hubiese formado en una escuela de élite para señoritas en Suiza. Y quizá lo había hecho.

Ella tardó unos instantes en contestar.

–Mis padres me tuvieron cuando ya tenían cuarenta y tantos años. Mi madre se sintió avergonzada por haberse quedado embarazada. Ambos eran académicos, y poseían un coeficiente intelectual muy alto. Estoy segura de que el embarazo accidental hizo que parecieran humanos y de que no les gustó nada.

–¿Han fallecido?

–Sí. Ambos tenían titulación en Antropología y Arqueología y continuamente viajaban por el mundo por motivos laborales. Los contrataban para dar conferencias en universidades y en cualquier sitio donde pudieran permitirse pagar sus desorbitadas tasas.

–¿Así es como amasaron su fortuna? –preguntó él arqueando una ceja.

–No, por supuesto que no. El dinero siempre estuvo allí. Durante la Primera Guerra Mundial, el tatarabuelo de mi madre inventó y patentó un tipo de motor, y la familia de mi padre tenía una importante editorial en Londres.

–¿Y dónde se quedaba usted mientras sus padres viajaban?

–Tenía institutrices o tutoras, pasaba semestres en colegios internos... Todo lo que un niño podía necesitar.

–Excepto unos padres que le dieran un beso de buenas noches –la lástima que sentía por ella estaba provocada por sus propios recuerdos del pasado.

–No –dijo ella–. Eso no lo tenía. Pero hay cosas peores, se lo aseguro.

–Sin duda. Pero puesto que yo me crie sin madre y con un padre que solo se dedicaba a su trabajo, la compadezco, señorita Bellamy.

–Le agradecería que me llamara Winnie. Señorita Bellamy suena demasiado formal y, sinceramente, odio el nombre Winifred; me suena a bibliotecaria solterona.

Él sonrió.

–Queda muy lejos de algo parecido.

–He hecho algunas indagaciones acerca de usted, señor Wolff –se sonrojó y él estaba seguro de que era la reacción a su cumplido.

–No tengo problema al respecto. Ha de poder confiar en la persona que va a encargarse de su seguridad.

–¿Por qué su empresa se llama Leland Security? El apellido Wolff atraería a más clientes.

–Tengo todo el trabajo que puedo manejar y además…

–¿Sí? –lo miró fijamente.

–Bueno, al principio era porque era el típico hijo mediano. No quería que mi hermano mayor ni mis primos me hicieran sombra. Quería dejar huella en el mundo y ese tipo de cosas. Afortunadamente superé todo eso hace tiempo, pero descubrí que si iba a tratar asuntos delicados tenía sentido pasar desapercibido. Leland es mi segundo nombre.

–Cuénteme, señor Wolff.

–Larkin, puede tutearme –insistió él.

–Larkin. ¿Podrías hacer un trabajo a largo plazo? ¿Tienes personal? ¿Quedan huecos en tu agenda?

–Antes de contestarte tengo una última pregunta: ¿cuándo y cómo murieron tus padres? ¿Temes por tu seguridad personal a causa del artículo? ¿Es eso?

Ella encogió las piernas y se abrazó las rodillas. No llevaba nada de maquillaje y su tez era pálida y ligeramente salpicada de pecas.

–Mis padres no tienen nada que ver con esto –dijo ella–. Murieron en un *tsunami.* Estaban viviendo con los habitantes nativos de una de las islas más remotas de Indonesia.

–¿Recuperaron los cuerpos?

–Al final sí. Pero no quedaba mucho que enterrar. Los incineraron y me llevé las cenizas a casa. Confirmaron su identidad gracias a la prueba de ADN. Los abogados no están dispuestos a gestionar una fortuna de millones de dólares sin una prueba definitiva.

Su tono de voz sereno no disminuía el terror de su historia. Larkin tenía sus propios demonios a los que enfrentarse, pero aquella mujer sabía lo que era sufrir de verdad.

–Lo siento –dijo él, deseando poder hacer algo más para rebajar la tensión.

–Han pasado casi diez años –dijo ella. Se puso en pie y pasó la mano por encima del piano. Era un gesto delicado, cariñoso, sensual...

Larkin sintió que su cuerpo reaccionaba. Nunca había conocido a una mujer menos interesada en resaltar su aspecto y, sin embargo, Winnie Bellamy lo tenía fascinado.

–¿Tocas? –le preguntó.

Cuando Winnie levantó la vista parecía como si se hubiese olvidado de que él estaba allí, inmersa en los recuerdos del pasado.

–Para mí... en ocasiones.

–Me gustaría oírte alguna vez –dijo él.

Ella frunció los labios.

–No creo.

–¿Por qué?

Lo miró en silencio y no contestó. Quizá lo consideraba un impertinente. Se volvió y se acercó a un antiguo escritorio. Sacó una llave del bolsillo, abrió el cajón del centro y sacó algo que él no llegó a ver.

Cuando regresó junto a Larkin dejó un pedazo de papel sobre la mesa. Él se quedó boquiabierto. Aunque su cartera de valores personal ascendía a un número de siete cifras, sin contar la parte de Wolff Enterprises que sería suya en un futuro, no todos los días recibía un cheque de medio millón de dólares. Aunque Winnie había firmado el cheque, había dejado en blanco la línea de «páguese por este cheque a...».

–¿Qué es esto? –preguntó él.

–Eso debería cubrir todo lo que necesito que hagas, pero he de saber que la información será completamente confidencial.

Él dejó el cheque sobre la mesa.

–No soy un cura, ni un médico, ni un abogado –dijo él–. Si estás metida en algo ilegal, iré directamente a la policía. Puedes comprar mi lealtad y discreción pero no que haga la vista gorda.

Ella pestañeó.

–Lo tienes muy claro.

–No aceptaré tu dinero bajo un falso pretexto.

Winnie no se sintió amenazada por la actitud de desaprobación de Larkin Wolff. Al contrario, estaba fascinada. Cuando se levantó y comenzó a pasear de un lado a otro, lo observó con atención. Tenía la constitución de un jugador de béisbol. Era alto y de cuerpo atlético. Pero no podía considerarse un hombre muy atractivo. Tenía el ceño fruncido permanentemente y también un bulto en el puente de la nariz que indicaba que había tenido una rotura en el pasado.

Sus ojos eran de color azul acerado y, según el humor que tuviera, podían derretir o dejar de piedra a alguien con una mirada. Iba vestido con una camisa formal, tenía un aspecto poderoso y muy masculino. Su cabello era negro salpicado de algunas canas grises.

Winnie había averiguado que tenía treinta años recién cumplidos, pero su rostro y su manera de comportarse hacían que pareciera mucho mayor.

–Siéntate, Larkin. Te aseguro que soy una ciudadana que cumple con la ley.

Él la miró fijamente. Ella suspiró.

–Desde que se publicó ese artículo he recibido montones de llamadas, paquetes y a más de un visitante no deseado. Un día incluso tuve que llamar a la Unidad Especial de Explosivos. Por suerte fue una falsa alarma, pero no puedo arriesgar la seguridad y el bienestar de mis empleados. He recibido seis propuestas de matrimonio y una de ellas era de un preso condenado por delito sexual. Mi cuenta de correo electrónico fue atacada la semana pasada y el pirata informático envió imágenes pornográficas a todos los contactos de mi lista. Hay que evitar todo esto, y pronto.

Larkin se inclinó hacia delante y apoyó los codos en las rodillas.

–Puedo ocuparme de todo eso por una pequeña cantidad de dinero. ¿Por qué tienes tanta prisa? ¿Qué es lo que no me estás contando? Siempre que aparece carne fresca surgen nuevos cotilleos. Estoy seguro de que en un par de meses no tendrás nada por lo que preocuparte.

Ella tragó saliva para deshacer el nudo que sentía en la garganta y cruzó las manos para evitar que le temblaran.

–Aunque haya reaccionado de manera exagerada tengo derecho a contratarte y a pedirte ciertas cosas, ¿no es así?

–Por supuesto, pero parte de mi trabajo es avisarte. Y no es necesario que tires el dinero.

–No tiraré ni un céntimo –dijo ella–. Para empezar, quiero que instales todo lo que haga falta para proteger mi parcela. Y quiero que contrates guardas que trabajen las veinticuatro horas durante un periodo de tiempo indefinido.

–Y que solucione los problemas de las llamadas y de Internet.

–Sí.

–¿Qué más?

Ella dudó un instante.

–Quiero que aceptes el cheque y lo rellenes antes de que continuemos.

–Ya te lo he dicho. Es demasiado.

–Entonces firmaré dos cheques. Uno para Leland Security y otro para la asociación benéfica que elijas. Quiero un servicio de protección de medio millón de dólares. ¿Puedes o no puedes ofrecérmelo?

–¿Alguna vez te han llamado paranoica?

Ella tragó saliva.

–Supongo que un hombre como tú no comprende lo que significa ser físicamente vulnerable. Las mujeres son más fuertes que los hombres en muchos aspectos, pero siempre saldremos perdiendo ante un ataque de alguien más fuerte.

–¿Te has sentido amenazada físicamente desde que se publicó el artículo?

–No. Pero hay otros asuntos. En cuanto confirmes que la casa y el terreno están protegidos, quiero que me lleves a algún lugar seguro dos o tres semanas. Haremos que los periodistas se enteren de que estoy huyendo, pero confiaré en ti para asegurarme de que mi vía de escape es segura.

–Winnie, he de decirte que me confundes. Y no me gusta.

Ella se mordisqueó el labio inferior. Larkin Wolff no era una marioneta que ella pudiera manipular a su voluntad. Era un hombre inteligente y su intuición le decía que ella le estaba mintiendo. Al menos por omisión. Podía verlo en su rostro.

–Antes de avanzar más… ¿Me prometes que la información acerca de mi vida personal estará tan a salvo como mi bienestar físico?

–De acuerdo. Mantendré todo en secreto, pero necesito saberlo.

–Te mofas de mí.

–Supongo que entiendes que mis empleados tendrán que estar informados de cualquier amenaza potencial…

A Winnie no le gustaba, pero él tenía razón. Sin embargo, cuanta más gente estuviera implicada más probabilidad había de que su secreto saliera a la luz.

–Lo entiendo –murmuró ella–. Y también supongo que investigarás acerca de mi pasado.

Él se rio.

–¿Tú qué crees?

Estaba claro. Necesitaba a Larkin Wolff, y la única manera de que él pudiera ayudarla era confiándole su secreto.

Se puso en pie y notó que le temblaban las piernas y le sudaban las manos. Si cometía un error, las consecuencias podían ser desastrosas.

–Sígueme, por favor.

Él se levantó también.

–Lo que tú digas.

El cheque seguía sobre la mesa. Intentar comprar su silencio había sido un error. Larkin Wolff tenía su propio código ético.

Atravesaron la casa y Winnie se detuvo al llegar a una galería acristalada que estaba en la parte trasera. Desde allí, la vista era preciosa. Hacía un cálido día primaveral bañado por los rayos del sol.

–Allí –dijo ella señalando, hasta que se percató de que le temblaba la mano y la bajó despacio–. Esa es mi mayor preocupación.

El edificio, una réplica pequeña de la casa principal, estaba a cierta distancia. Larkin lo miró y apretó los dientes.

–¿Qué tiene de especial ese sitio?

Ella se estremeció y sintió que le flaqueaban las piernas. Muchas personas confiaban en ella. Con lágrimas en los ojos, se aclaró la garganta.

–Es un hogar de acogida para mujeres maltratadas y sus hijos. Aparte de algunos empleados de confianza, yo, y ahora de tú, solo otras dos personas saben que existe.

«Santo cielo», pensó Larkin mientras intentaba replantearse la imagen mental que se había creado de aquella mujer rica, ligeramente paranoica, vulnerable y excéntrica.

–No te preocupa para nada tu propia seguridad, ¿verdad?

Winnie no apartó la mirada de la casa que había en la distancia.

–No. Puedo cuidar de mí misma –alzó la barbilla una pizca–. Mi trabajo es asegurarme de que nadie va a hacer daño a esas mujeres, ni a sus hijos. Ese maldito artículo supone una amenaza para la seguridad que yo les prometí.

–¿Y por qué tú? ¿No hay otros santuarios en la ciudad para proteger a las víctimas del maltrato?

Ella lo miró de reojo.

–Sin entrar en las deficiencias del gobierno, las situaciones como estas exigen distancia física. Una vez que nuestras clientas llegan aquí, a los maridos o novios enfadados les resulta más difícil encontrarlas.

–Así que has llamado al peligro a la puerta de casa de forma intencionada.

Ella se apoyó en una columna.

–¿No te parece bien?

Él se encogió de hombros.

–Es evidente que no has tomado las precauciones necesarias.

–Nunca hemos tenido ningún problema. Y ahora tampoco, al menos con mis huéspedes. Pero el artículo ha abierto la caja de Pandora, y necesito que cierres la tapa con clavos.

–Tengo que ser sincero contigo, Winnie. Eres muy ingenua.

Ella cerró los puños con fuerza y lo miró fijamente.

–Puede que no haya sido muy clara. Te estoy

contratando para que me ofrezcas seguridad, no para que me juzgues.

–Una pena –dijo él–. Mi servicio de protección está acompañado de un amplio abanico de consejos. Es a lo que me dedico –miró hacia la casa–. Llévame allí.

–Por supuesto que no –contestó Winnie–. Las mujeres y los niños del edificio están muy asustadas de los hombres… De cualquier hombre.

–No les haré daño. Ni siquiera las asustaré.

–Eso no lo sabes. Eres un auténtico macho. La testosterona te sale por los poros.

Él sonrió.

–Confía en mí una pizca. Puedo ser discreto. Parte de mi trabajo es vigilar ¿recuerdas?

–Nunca he permitido que nadie cruce esa puerta, excepto un puñado de mujeres profesionales.

–¿Como quiénes?

–Médicos. Psicólogos. Trabajadoras sociales…

–Has confiado en mí lo suficiente como para contratarme, pues ahora deja que haga mi trabajo.

Se miraron.

–Quizá podemos dejarlo para mañana –dijo ella.

–Ahora, Winnie. No hay motivo para esperar – no había tenido tiempo de evaluar posibles amenazas, pero necesitaba conocer todo el lugar. Proteger a los débiles e indefensos era una obligación para él en su vida profesional. Haría todo lo posible para asegurarse de que Winnie y las mujeres que estaban a su cuidado estuvieran a salvo.

Continuó mirándola fijamente. A veces la gente no comprendía lo precaria que era su seguridad. Le daba la sensación de que Winnie era más o menos consciente, pero la idea de que en cualquier momento podía ocurrir algo malo era difícil de asimilar para la mayor parte de la gente.

Larkin había visto cosas que le habían provocado que se le helara la sangre, algunas en el jardín trasero de su propia casa. Nunca se dejaba llevar por una sensación de completa tranquilidad. El mundo estaba lleno de monstruos.

–Está bien –dijo ella al fin–. Deja que vaya a buscar mis zapatos.

Apenas tardó un minuto y, cuando regresó, él sintió un nudo en el estómago. Su calzado era entre práctico y estrafalario. Unas sandalias de color dorado con muchas tiras que se ataban a mitad de sus esbeltas pantorrillas. La ola de excitación sexual que lo invadía por dentro lo desconcertaba.

Tragó saliva y preguntó:

–¿Estás preparada?

–Sígueme –dijo ella.

El tono de voz de Winnie indicaba que quería llevar el mando. Su terquedad le resultaba divertida. Permitiría que llevara el mando, pero los asuntos de trabajo los haría a su manera, aunque ella se resistiera. Winnie lo había contratado por su conocimiento y profesionalidad. Le gustara o no, él se ocuparía de todo aquello que pudiera provocarle problemas.

Se dirigieron hasta la casa sin hablar. Los pájaros cantaban y los árboles se mecían con el viento. En la distancia se oía el ruido de un cortacésped. Durante el trayecto él fue fijándose en la zona y registrando los puntos débiles de la seguridad. A menos que tuviera algún tipo de dispositivo eléctrico, la verja bajita que se veía en la distancia no era más que puramente decorativa.

Al llegar a la puerta Winnie se detuvo y tragó saliva.

–Desde que salió el artículo los niños no han podido salir a jugar fuera –dijo ella–. Y yo soy la responsable.

Larkin vio sufrimiento en su mirada. Arrepentimiento. Indefensión. Todas las emociones que él había experimentado de niño cuando no era capaz de proteger a sus hermanos.

–Tú no eres responsable –dijo él, acariciándole el hombro para consolarla–. La situación es desafortunada, pero fácilmente solucionable.

–¿Qué quieres decir?

–Mañana colocaremos una lona de ocultación como la que utilizan en las bases militares de Oriente Medio. Nadie podrá ver a los niños desde el aire.

–¿Es así de sencillo?

–Digamos que ese es el menor de nuestros problemas.

–Prométeme que no hablarás con ellos.

Él gesticuló como si estuviera cerrando su boca con una cremallera.

–¿Puedo tomar notas?

–¿Es necesario? Me da la sensación de que eres el tipo de hombre capaz de retener muchas cosas en la memoria.

Él sonrió.

–Lo que diga la jefa.

Entrar en una casa llena de mujeres y niños no era como esperaba. Winnie le había contado que había ocho dormitorios y veintiún huéspedes, pero en lugar de ruido y confusión reinaba un silencio inquietante.

–¿Sabían que veníamos? –preguntó él.

–Sí –susurró ella–. Siempre hay alguien mirando por la ventana.

Nadie apareció para recibirlos.

Winnie lo llevó a ver las habitaciones de la planta principal.

–Tenemos una alarma que conectamos todas las noches a las nueve. Está programada para que suene en mi habitación.

–¿Y no está conectada a la policía?

–Por si no te has dado cuenta, aquí todo queda a mucha distancia. Podría asegurarte que sería yo la primera en acudir.

–¿Y qué es exactamente lo que podrías hacer? –preguntó él, sin molestarse en disimular su incredulidad.

–Podría disparar a herir o matar, según lo exija la situación. No te preocupes, Larkin Wolff, protegeré lo que es mío.

Él sintió que la rabia lo invadía por dentro y tragó saliva.

–Estoy contratado, así que ya no es necesario que repartas justicia.

–No me crees –comentó ella.

Él se pasó la mano por la nuca.

–No cuestiono tu capacidad para manejar armas. Solo sugiero que permitas que a partir de ahora sea yo quien me ocupe de los intrusos.

–¿Y cómo vas a hacerlo desde la estilosa oficina que tienes en la ciudad?

–No sabes nada de mi oficina.

–Te equivocas –dijo ella con expresión triunfante–. Un amigo de confianza hizo una cita falsa hace dos semanas, fue a conocerte y averiguó cuál era tu manera de funcionar.

–¡No puedo creerlo! –exclamó indignado.

–No es algo poco ético.

–No, pero es... –se calló, incapaz de pronunciar la mezcla de emociones que sentía. Si un hombre hubiese hecho lo mismo que Winnie había hecho, Larkin habría aplaudido su meticulosidad. Entonces, ¿por qué estaba tan sorprendido?

–¿Puedo saber qué es lo que descubrió tu espía?

Ella se rio.

–Me dijo que eres muy eficientes y que por el tipo de oficina que tienes se sabe que os va muy bien. ¿Satisfecho?

Larkin se encogió de hombros.

–No esperaba menos. Todo es cierto –se volvió para intentar recuperar el control de la situación–. Reforzaré las medidas de seguridad que ya están colocadas e instalaré cámaras. Si me das permiso podemos instalar una sala de monitorización en tu casa.

–¿Y qué pasará si tú me secuestras?

–Dedicaré a mis mejores agentes a este trabajo. Te lo prometo, Winnie, estarás en buenas manos.

–Winnie esperaba no haberse sonrojado. Su tez clara era una maldición. Estar cerca de Larkin Wolff hacía que se pusiera nerviosa como una niña de dieciséis años

Metió las manos en los bolsillos para evitar hacer alguna tontería. El torso de Larkin estaba hecho para recibir la cabeza de una mujer agotada. A Winnie le atraía la idea, pero depender de un hombre era arriesgado. Una cosa era contratar a un profesional y otra fantasear con tener a diario un estrecho contacto con él. Aunque los ojos azules de mirada inteligente siempre habían sido su talón de Aquiles. Durante toda su vida había predicado ser una buena chica, y le resultaba desconcertante pensar en la posibilidad de beneficiarse de ser una chica mala.

–Preferiría que no subieras –dijo de pronto, tratando de controlar sus hormonas–. No quiero disgustar a mis huéspedes.

–Supongo que puede esperar –dijo él.

Parecía tranquilo, pero ella se percató de que estaba completamente alerta, preparado para reaccionar ante cualquier señal de peligro.

–¿Y ahora qué?

–Tengo que hacer algunas llamadas, concretar los detalles de la seguridad nocturna y ultimar un par de cosas. Y si no es mucho pedir, me gustaría comer algo. No he desayunado.

Ella arqueó una ceja y bromeó:

–¿La comida más importante del día? Quizá debería cambiar mi idea acerca de tus capacidades.

–Confía en mí, Winnie. Puedo sobrevivir durante días a base de café y cabezonería. Aunque eso no significa que me guste.

«Confía en mí», hablaba como si confiar en alguien fuera lo más sencillo del mundo.

–¿Hemos terminado aquí? Las mujeres tienen que comer, pero no bajarán a cocinar mientras tú estés en el edificio.

–Bien –dijo él–, regresemos a tu casa y pongámonos manos a la obra.

¿Por qué todos los comentarios de Larkin le parecían subidos de tono? Quizá era por el hecho de que Winnie vivía como una monja. Un ser asexual, sin nada que alardear de su juventud excepto un montón de malos recuerdos.

Antes de encaminarse a la salida de la casa, una cabecita apareció por la puerta del recibidor.

–Hola, señorita Winnie. ¿Quién es ese hombre? –el niño señaló a Larkin con el dedo.

–Hola, Esteban. ¿Cómo estás? –se agachó frente a él–. Este es el señor Wolff. Trabaja para mí.

–Hola Esteban. Estoy ayudando a la señorita Winnie para que esta casa sea muy, muy segura.

–¿Para que mi padre no pueda encontrarnos y pegarnos otra vez?

Winnie vio que Larkin apretaba los dientes.

–Así es. Hay mucha gente que trabaja para mí, y nuestro trabajo es evitar que tengáis miedo.

Esteban se acercó una pizca.

–¿Tienes una pistola?

Larkin asintió.

–Varias, pero no las utilizo a no ser que sea necesario. Las pistolas son peligrosas. Prométeme que no tocarás ninguna.

El niño lo miró con más curiosidad.

–Está bien –miró a Winnie–. Me gustaría poder jugar fuera.

Ella sonrió.

–El señor Wolff también va a ayudarnos con eso.

Esteban parecía contento con su comentario. Winnie se acercó y lo abrazó.

–Ve a decirle a las chicas que el señor Wolff y yo nos vamos. Ya pueden bajar a preparar la comida.

Mientras regresaban a la casa principal, Larkin preguntó:

–Entonces, ¿las huéspedes que están a tu cargo se ocupan de sí mismas?

–Sí. Yo les proporciono frutas y verduras. El resto de ingredientes para la comida nos los traen periódicamente del supermercado más cercano. Así las mujeres tienen sensación de ser autónomas y pueden alimentar a sus hijos como les parece.

–¿Por qué haces esto?

La pregunta la pilló desprevenida. No estaba preparada para desnudar su alma ante un hombre desconocido.

–Es lo correcto. Tengo dinero. Puedo cubrir una necesidad como esta. Mucha gente rica colabora en obras benéficas.

Larkin abrió la puerta de la galería y la sujetó para que ella pasara primero.

–De los que yo conozco nadie ha llegado tan lejos.

Ella se detuvo en el escalón superior y se volvió hacia Larkin. Al oír un ruido que le resultaba familiar, dijo:

–Entra –lo agarró del brazo y tiró de él hacia el interior.

Un helicóptero azul y blanco voló sobre la casa. Ellos pudieron ver que, por una de las puertas, un hombre se asomaba con una cámara en la mano. El hombre estuvo grabando durante unos instantes antes de decirle algo al piloto. El helicóptero subió de nuevo, hizo un círculo amplio en el aire y sobrevoló la casa de nuevo.

Winnie pestañeó para contener las lágrimas de rabia.

–¿No pueden detenerlo? ¿No es ilegal lo que hace? ¡Maldita sea! ¡Maldita sea! Odio todo esto.

–Por desgracia, no están quebrantando la ley.

–No dejo de pensar en que terminarán marchándose, pero no se van. Por eso tengo que irme una temporada –ya no podía soportar el estrés que había pasado durante las últimas semanas.

–Eso es fácil –dijo él–. Dijiste que querías que te llevara a algún sito. Conozco un sitio muy seguro en el que nadie tendrá siquiera la esperanza de acercarse a ti.

–¿Dónde? –lo miró con el ceño fruncido.

–Wolff Mountain. Es mi casa. No conozco un sitio tan seguro en quinientas millas a la redonda. Te llevaré allí, me quedaré un par de noches para ayudarte a instalarte y, después, podrás considerar que estas de vacaciones en un resort de montaña.

–Eso es lo más absurdo que he oído nunca –dijo con una sonrisa.

–Tiene más sentido que buscar un lugar remoto y pagar a alguien para que te proteja las veinticuatro horas. El sábado, mi hermana Annalise va a celebrar una fiesta de cumpleaños para su marido, así que yo pensaba ir a Wolff Mountain de todos modos. Haremos que los periodistas crean que estás de vacaciones en St. Barts. Los paparazzi se dirigirán al sur y dejarán de molestaros en tu casa. Cuando tú no estés se enfriará la historia, y pronto podrás regresar a casa con tranquilidad, especialmente con la seguridad añadida que habrá instalado mi gente.

»Si me das permiso, creo que le diremos la verdad a mi familia. Nunca he llevado a una mujer a Wolff Mountain, así que no quiero que se hagan una idea equivocada. En mi familia abundan los recién casados. Y todos están nauseabundamente contentos. Preferiría no ser el centro de las especulaciones.

–Quizá al ver a toda tu familia contenta y asentada te anime a hacer lo mismo.

–No va a suceder. No quiero tener que cuidar de nadie más que de mí mismo. Supongo que soy un egoísta pero me gusta ser libre. Que nadie espere que lo cuide, ni emocionalmente ni de otra manera.

–Y, sin embargo, pasas los días cuidando a la gente.

–Eso es diferente. Es mi trabajo.

Winnie no parecía convencida, pero pronto se acostumbraría. Larkin era un lobo solitario.

–Si estás en Wolff Mountain no tendré ninguna duda acerca de tu seguridad. Allí hay muchas cosas que hacer. No te aburrirás.

–No me aburro muy a menudo. Y ese arreglo me parece buena idea.

¿Habría tomado la misma decisión si su clienta fuera menos atractiva? Ni siquiera quería contemplar la respuesta.

Capítulo Dos

Había hecho lo posible por no fijarse en sus senos, aunque resultaba difícil. No tenía sentido que se sintiera atraído por una cliente. Cuando la llevara a Wolff Mountain se centraría en ella únicamente por motivos de trabajo. Por su seguridad. Nada más.

–Dame una hora para hacer unas llamadas. Haré que venga uno de mis equipos mientras regreso a la ciudad a hacer la maleta.

–¿A hacer la maleta? –preguntó asombrada.

–Me quedaré aquí hasta que nos vayamos a Wolff Mountain. Tres noches. ¿Podrás soportarlo?

Ella se sonrojó.

–Estoy segura de que no es necesario que el director de Leland Security se quede en el lugar que hay que proteger.

–Me estás pagando quinientos dólares –dijo él–. Eso te coloca en la primera de la lista.

El color de sus ojos, una mezcla entre verde musgo y dorado, lo tenía cautivado. Winnie era muy atractiva y seductora, quizá porque ni siquiera parecía darse cuenta de que el sexo opuesto se sentía atraído por su aspecto.

Una vez más, Larkin se sorprendió por la manera de reaccionar de su cuerpo. Comprendía que todo era debido a la atracción que sentía por ella, pero nunca le había supuesto un problema en una situación laboral. Lo que significaba que pisaba en terreno desconocido. La incertidumbre que le creaban sus propias reacciones hacía que se pusiera nervioso.

–Me sentaré en el porche mientras llamo por teléfono. No quiero molestarte.

Winnie se fijó en sus labios, después en su torso y, finalmente, bajó la mirada al suelo.

–Ponte cómodo –le dijo, y se volvió–. Ni siquiera me percataré de que estás aquí.

Winnie también tenía algunas llamadas por hacer. Y además tenía que preparar una habitación para el huésped inesperado.

De pronto sintió un cosquilleo en el estómago. Estaba acostumbrada a vivir sola. Sus empleadas entraban y salían cuando era necesario. La señora Cross, que trabajaba como cocinera y ama de llaves, solía trabajar de nueve a cinco, pero ese día había salido porque tenía una cita con el médico. En su ausencia, Winnie recorrió el pasillo del piso superior tratando de elegir un dormitorio para Larkin.

No era una tarea fácil. Si lo acomodaba en la habitación contigua a la suya podía hacerse una idea equivocada. Y si le daba una habitación en el ala opuesta, impedía su capacidad para protegerla.

Al final decidió acomodarlo al otro lado del pasillo y dos habitaciones más allá de su dormitorio. Era una habitación masculina decorada en tonos ocres y azules. La cama era de matrimonio y el jacuzzi que había en el baño era lo suficientemente grande para dos personas.

Al ver que se le costaba respirar, supo que tenía un problema. No podía enamorarse de Larkin Wolff. Era una idea ridícula. Siempre se le había dado mal interpretar las intenciones de los hombres y, además, preferiría correr desnuda bajo el granizo que demostrar cierto interés por él. Larkin Wolff era un hombre atractivo que podía salir con la mujer que deseara.

Winnie no disponía ni de un arsenal de artimañas femeninas ni de la experiencia sexual para ver si las extrañas sensaciones que había experimentado en su presencia sólo las experimentaba ella. Quería contratar la experiencia de Larkin en temas de seguridad. Ese estúpido artículo había puesto su vida patas arriba y estaba dispuesta a enderezarla.

«Lo único que quiero de Larkin es protección», se repitió una y otra vez, tratando de asimilarlo.

Pero cuando sonó el timbre a las seis en punto, le temblaron las piernas, se le aceleró la respiración y no le quedó más remedio que enfrentarse a la realidad. Trataba de engañarse. Larkin Wolff la protegería de los peligros externos, pero la peor de las amenazas ya había quebrado sus defensas.

Puso una falsa sonrisa y abrió la puerta.

***

Larkin tenía calor, estaba hambriento y enfadado consigo mismo. Había pasado varias horas tratando de concentrarse en el trabajo mientras lo invadían fantasías en las que aparecía Winnie Bellamy desnuda en su cama. Era ridículo.

Se había esforzado mucho en mantener el trabajo separado de su vida personal. Como agente de seguridad estaba orgulloso de proteger a los débiles, a los inocentes y, a veces, a los ingenuos. En ocasiones, protegía a los poderosos, si el precio era adecuado. Sin embargo, nunca había permitido que un cliente traspasara sus barreras emocionales. Era un hombre al que le gustaba estar solo y que no necesitaba la compañía de nadie. Y lo más importante, no quería que nadie lo necesitara.

Winnie iba a suponerle un problema. Por ella había hecho excepciones en sus estrictas reglas y había ido más allá de lo que se suponía que debía hacer para protegerla.

Cuando ella abrió la puerta, él hizo todo lo posible para no quedarse mirándola. Se había duchado, tenía el cabello mojado y recogido en un moño y olía a madreselva. Larkin respiró hondo. «Tranquilo», pensó.

Iba vestida con unos pantalones vaqueros que se ceñían a sus piernas esbeltas y con una camiseta blanca. La imagen de Winnie bajo las sábanas provocó que la libido se le disparara.

–Ya estoy de vuelta.

Ella se fijó en la bolsa pequeña que tenía a los pies.

–Ya veo. Entra.

Larkin pasó al recibidor y le entregó una bolsa llena de cajas de cartón.

–Comida china. Espero que te guste. Dijiste que el ama de llaves tenía el día libre.

Ella agarró la bolsa e inhaló.

–¿Bromeas? Es un manjar. Me encanta vivir en el campo, pero, a veces, la falta de comida rápida es un inconveniente. Ven a la cocina. Y por cierto, ganas puntos por prestarme atención. La mayor parte de los hombres no me habrían escuchado.

–Fijarme en los detalles es parte de mi trabajo –como por ejemplo en la manera en que la tela de su sujetador de encaje apenas disimulaba los pezones turgentes.

Dejó la bolsa al pie de la escalera y la siguió hasta la cocina. Iba descalza y llevaba las uñas pintadas de color frambuesa, haciendo que sus dedos resultaran muy atractivos.

Las preguntas que Winnie le hizo durante la comida le recordaron que estaba allí por motivos de trabajo.

–Cuéntame. ¿Qué vas a hacer?

–Bueno, lo primero es que el mejor de mis informáticos va a repasar todo el contenido de tu ordenador mediante acceso remoto. No tocará tus datos personales pero sellará posibles goteras y blindará los puntos débiles en las entradas.

–No tengo ni idea de qué significa todo eso, pero adelante.

–A primera hora de la mañana vendrá un equipo para instalar un sofisticado sistema alrededor del perímetro de tu propiedad. Pondrán una combinación de vallas y sensores eléctricos. Con las cámaras y la sala de monitorización en la casa, mi equipo podrá asegurarte que no se acercará nadie por sorpresa.

Cuando Winnie sonrió, él sintió que se le encogía el corazón. Satisfacerla podía convertirse en una adicción.

–Eso sí que es trabajar deprisa –contestó ella–. Estoy impresionada.

–Durante los dos próximos días trabajaré junto a mi equipo para asegurarme de que todo está en orden. Después, con tu permiso, nos iremos a Wolff Mountain el jueves por la mañana.

–¿Estás seguro de que no quieres alojarme en algún apartamento de la ciudad con un nombre falso?

–Sería lo ideal, pero no veo por qué hay que perder tiempo, dinero y energía cuando tenemos una solución a mano y sin necesidad de realizar ningún preparativo. Como te he dicho antes, Wolff Mountain es un fuerte. Y por ello no me sentiré obligado a permanecer allí. No has de temer a mi familia. Al fin y al cabo es gente simpática.

–Son Wolff.

–Sí. Y tú eres Winifred Bellamy. Quizá tengan miedo de ti.

Eso la hizo reír.

–Nunca he asustado a nadie en mi vida. Soy inofensiva.

–Lo dice la mujer que dispara a matar.

–O a herir.

–¿Puedo elegir?

–No me hagas enfadar y no tendrás de qué preocuparte.

Estaban coqueteando. Él lo sabía y estaba convencido de que ella también. El interés de su mirada igualaba a la tensión que él sentía en la entrepierna. Una situación tan inesperada podía hacer que su vida se volviera complicada y frustrante.

Al ver que no podía dejar de observar el movimiento de sus labios sensuales al hablar, ni el suave movimiento de su pecho, decidió que había llegado el momento de retirarse hasta que pudiera decidir qué hacer con aquella situación.

–Estoy muy cansado –dijo fingiendo un bostezo–. Si no te importa mostrarme mi habitación... Voy a acostarme para leer un poco.

Ella miró el reloj y, al ver que eran las siete y media puso una mueca de incredulidad.

–Por supuesto, si tienes alguna otra sugerencia... –rectificó él.

La habitación quedó en silencio. Su comentario había sonado más sugerente de lo que pretendía.

Winnie lo miró con curiosidad.

–¿Como por ejemplo?

Él tragó saliva.

–No sé, un paseo, una película…

El silencio se prolongó hasta que ella contestó:

–A mí también me apetece recogerme temprano. Hago un seguimiento de todas las madres y los hijos que tienen a mi cuidado. Tengo varios retrasados, así que debo ponerme al día, sobre todo si voy a estar fuera unas semanas.

–Por cierto, ¿el Estado te reembolsa los gastos que tienes?

–Por supuesto que no. Yo elijo hacer esto.

–Las familias de acogida reciben una ayuda.

–No es lo mismo. Ya sabes que yo no necesito el dinero. No lo aceptaría aunque me lo ofrecieran.

Parecía ofendida ante el comentario. No estaba claro cuál era su motivación para dedicarse a ayudar a las mujeres, pero puesto que solo era una clienta, no la presionó más. Winnie se puso en pie y él la imitó.

–Te enseñaré tu dormitorio –dijo ella.

Larkin la siguió hasta el piso de arriba, deteniéndose solo para recoger su bolsa. La casa estaba decorada con un gusto impecable, pero sin ostentaciones. De algún modo, la decoración reflejaba la personalidad de la dueña de la casa.

Cuando Winnie se detuvo, Larkin permaneció a su lado mientras observaba la habitación.

–Muy bonita –comentó. Estaban tan cerca que podía percibir su aroma.

–Espero que estés cómodo aquí. Te agradezco que me hayas hecho un hueco en tu agenda. Dímelo si necesitas cualquier cosa.

Ya estaba otra vez. Esa incómoda sensación de incertidumbre que hacía que sintiera un fuerte calor en la entrepierna.

–Estaré bien. Nos pondremos a trabajar a primera hora de la mañana.

Winnie permaneció en la puerta, pensativa.

–Será mejor que cierre las cortinas –le dijo–. Así no te despertará el sol por la mañana –atravesó la habitación.

Al ver que se detenía cerca de la enorme cama, cubierta con un edredón bordado que parecía muy suave, Larkin se metió las manos en los bolsillos.

–Siempre me despierto temprano –dijo él, con la boca seca.

–Haré que te traigan el café a primera hora. Puedes desayunar aquí o en el comedor.

Cuanto más tiempo pasaba junto a la cama, más se excitaba. Confiaba en que lo notara, porque no sería bueno que se hiciera una idea equivocada.

–Estaré bien, Winnie. Buenas noches.

Ella se puso seria al oír que se despedía de ella.

–Entonces, te veré mañana.

Él tuvo que hacer un esfuerzo para dejar que se marchara y no impedírselo. Cuando desapareció, se sentó en la cama y apoyó la cabeza en las manos. Nunca aceptaría un caso que no pudiera llevar. Y ese no sería el primero. No lo permitiría.

***

Winnie estaba excitada. Por muy inusuales que fueran los síntomas, ella los reconocía. Tenía la piel húmeda, le temblaban las piernas y sentía un revoloteo en el estómago. Deseaba a Larkin Wolff. Y eso suponía una complicación que nunca había anticipado cuando se decidió a contratar a un experto en seguridad.

Las semanas anteriores había estado tan disgustada por culpa del artículo que no se había permitido recordar el pasado. Y su fantasma la perseguía. Después de todo, ¿qué sabía de los hombres? Después de la muerte de sus padres había tenido un encuentro desagradable con un hombre y, desde entonces, había congelado sus emociones. No quería sentirse como un objeto sexual. Y admitir esa vulnerabilidad le asustaba de veras.

A pesar de que Larkin estaba allí para protegerla, su instinto le decía que era peligroso. Sin embargo, ese posible peligro la atraía y hacía que pensara en abandonar su pasado de chica buena.

La noche pasó demasiado despacio. Winnie era plenamente consciente de la presencia de Larkin en la casa. Después de trabajar un par de horas y ver la televisión, se dio una ducha y se preparó para acostarse.

Imaginaba a Larkin leyendo en su habitación, paseando de un lado a otro o quizá desnudándose camino del baño mientras llenaba el jacuzzi. La imagen de Larkin Wolff desnudo no era buena para inducir el sueño.

La noche era fresca y no era necesario encender el aire acondicionado. Sin embargo, Winnie tenía la piel ardiendo y había mojado la almohada de sudor. Quejándose en voz alta, salió de la cama y abrió la ventana para respirar aire fresco. Al cabo de un rato, regresó a la cama y se quedó dormida en una especie de duermevela.

En algún momento, sobre las dos de la madrugada, le despertó el sonido de la alarma de la mesilla. Se incorporó y miró la pantalla. Lo más probable era que fuera un pájaro o una ardilla. Ya había sucedido en otras ocasiones, pero ella siempre iba a comprobar.

Se puso las sandalias, sacó la pistola de su escondite, se guardó una linterna en el bolsillo y salió al pasillo. La habitación de Larkin estaba en silencio y no había luz detrás de la puerta. Probablemente estaba dormido.

Pensó en despertarlo. Después de todo lo había contratado para lidiar con los intrusos. Pero las alarmas eran muy sensibles y, a menudo, saltaban sin motivo. Solo tardaría unos minutos en llegar al refugio para hacer un reconocimiento del lugar y regresar a la cama. Además, la idea de despertar a Larkin la hizo estremecer. Si encontraba algo que pudiera ser peligroso, regresaría rápidamente y le pediría ayuda.

La hierba estaba fría y húmeda. Winnie se movía con soltura por aquel terreno. Era una noche para el romance y el amor.

Cuando llegó a su destino, se detuvo y escuchó con atención. Únicamente despertaría a las residentes si alguien había abierto una ventana o una puerta.

Aunque estaba convencida de que no había ningún peligro se movió con cuidado. Al acercarse a la casa, una sombra apareció en la oscuridad. Ella se quedó paralizada. ¿Lo estaba imaginando? ¿O era cierto que alguien se había movido?

El ulular de un búho provocó que se le erizara el vello de los brazos. En la oscuridad de la noche era muy fácil que se desatara la imaginación. Agarrando la pistola, se movió una pizca hacia delante. Tenía el seguro puesto.

Dio otro paso adelante. Al instante unos brazos masculinos la rodearon por detrás. El hombre le cubrió la boca y le quitó la pistola de la mano. Ella gritó, pero el sonido no fue más que un susurro en mitad de la noche. Intentaba liberarse cuando una voz muy familiar le dijo al oído.

–Maldita sea, ¡cállate! O despertarás a toda la casa.

Ella suspiró aliviada. Larkin la arrastró hasta el cobertizo que había en la parte trasera del jardín, la metió dentro, cerró la puerta y tiró del interruptor para encender la única bombilla que había. Todo ello mientras blasfemaba y comprobaba el seguro de la pistola, antes de dejarla a un lado.

Él la miró.

–¿Qué diablos estás haciendo? –le preguntó alterado–. Podría haberte matado.

–Saltó la alarma en casa. Te dije que soy yo la que viene a comprobar que todo está bien cuando salta.

Él arqueó las cejas.

–Me has contratado, ¿lo recuerdas? –su manera de golpearse en el torso con el dedo pulgar indicaba que estaba furioso.

–No sabía que estabas merodeando por aquí.

–Te dije que me ocuparía de todo.

–Mañana. Dijiste mañana –ambos estaban gritando.

–Mi equipo ya está aquí. Estábamos haciendo un estudio preliminar para ver qué tenemos que hacer para blindar este sitio.

–Deberías habérmelo dicho. Tenías que haberme presentado a los miembros de tu equipo. Las mujeres y los niños que hay aquí son responsabilidad mía. No me quedaré en segundo plano –estaba tan enfadada que lo golpeó en el torso. Era como golpear una roca de granito. Retiró las manos y se rodeó la cintura. Estaba temblando.

Larkin la miró y dijo:

–Tienes razón. Debería haberlo hecho. No volverá a pasar. En mi defensa he de decir que ninguno de mis clientes ha estado tan implicado en el proceso como tú lo estás. Siento no haberte mantenido informada.

–¿Has sido tú el que ha hecho saltar la alarma?

Él asintió.

–Probablemente. Sinceramente, imaginé que habrías apagado el monitor de tu habitación puesto que yo estaba en tu casa. Mi intención era que mi equipo empezara a trabajar cuanto antes.

–Creía que te habías ido a dormir.

–Lo dije para poder escapar de ti.

A Winnie se le formó un nudo en la garganta.

–Maravilloso.

–No es lo que piensas.

–¿Qué se supone que tengo que pensar?

–Maldita sea, Winnie –apretó los dientes y miró al suelo. Finalmente, habló con un tono gélido–. Te encuentro atractiva y eso complica las cosas –su mirada era difícil de interpretar.

–¿Hablas en serio? –preguntó ella con el corazón acelerado. Era como si no quedara oxígeno en el cobertizo.

–¿Y por qué diablos iba a mentirte?

Su franqueza provocó que ella quisiera ser valiente. Deseaba a aquel hombre. Y él la deseaba a ella.

–Yo también te encuentro atractivo, Larkin –susurró ella. Muy atractivo.

Acercó la mano y le acarició la curva de uno de sus bíceps. Tenía la piel caliente. Aunque hacía fresco, Larkin llevaba un polo de manga corta que le resaltaba el torso musculoso.

Él permaneció quieto mientras Winnie lo acariciaba desde el hombro hasta el codo. Una ola de deseo se apoderó de ella. Ser una chica buena todo el tiempo no era nada divertido. Deseaba besarlo, pero ¿a qué coste?

Larkin se estremeció cuando ella le acarició.

–¡Madre mía! –exclamó él–. Esto no puede suceder.

–¿El qué? –ella no era capaz de pensar. Y menos en una noche que parecía propicia a la locura.

–Esto.

La tomó entre sus brazos y la abrazó con fuerza. Ella notó la hebilla de su cinturón contra su piel y oyó su respiración agitada. Larkin la besó de manera apasionada, con una desesperación provocada por una mezcla de deseo y confusión. Ella no pudo contenerse y gimió.

Él se apartó un instante de su boca y continuó besándola en el cuello. Winnie llevaba una camisola de seda y un pantaloncito corto a juego. Cuando Larkin colocó uno de sus muslos entre sus piernas, ella sintió que le flaqueaban las rodillas. Él la sujetó con fuerza y continuó devorándola.

–Larkin…

–Hmm…

–Creía que era la única.

–No –le mordisqueó un pezón.

Ella se movió una pizca y le colocó las manos en la nuca.

–Ni siquiera te conozco –le dijo mientras le acariciaba el cabello.

Él soltó una carcajada.

–Nos estamos conociendo minuto a minuto. Cállate y bésame.

Ella obedeció. Él introdujo la mano bajo la cinturilla del pantalón y le acarició el trasero desnudo.

–Estás muy suave –le dijo, pellizcándole la nalga.

Ella notó su miembro erecto contra el vientre.

–Esto no va a salir bien –dijo ella.

En ese instante, se oyó una voz por el radiotransmisor que Larkin tenía en el bolsillo.

–Eh, jefe, ¿dónde estás?

Larkin se quedó paralizado. Soltó a Winnie con brusquedad y ella se tambaleó.

–Estoy detrás de la casa –dijo él–. No te muevas. Iré a buscarte.

La radio se quedó en silencio. Winnie odiaba el brillo de la bombilla que tenía sobre la cabeza. Se sentía desnuda, expuesta. Larkin no se parecía en nada a un héroe romántico. La expresión de su rostro indicaba frustración sexual y enojo.

–Bueno, esto es muy extraño –dijo ella, tratando de bromear para disminuir la presión que sentía en el pecho–. Te dejaré actuar.

Había acariciado su cuerpo medio desnudo y había sucedido lo esperado. Fin de la historia. Él no necesitaba saber que esa pasión desenfrenada era algo extraño para ella. Que habían pasado muchos años desde que había sentido algo más que un poco de interés por el sexo opuesto. Que él había sido el primer hombre en diez años que la había convencido para que confiara en él.

Tratando de ocultar sus emociones, apagó la luz y salió del cobertizo. Larkin la siguió al instante y ella pudo sentir el calor de su respiración en la nuca.

–No tan deprisa, Winnie. Tenemos que hablar. No debería haberte besado –dijo él.

El dolor que le provocó el comentario de Larkin era desproporcionado si tenía en cuenta que lo había conocido el día anterior.

–Entonces, estamos empate –dijo ella–. Yo tampoco debería haberte besado –incapaz de contener las lágrimas ni un segundo más, se marchó deprisa.

Larkin la dejó marchar. Había metido la pata y le sorprendía que ella no lo hubiera despedido inmediatamente. Primero había pasado por alto el hecho evidente de que su nueva jefa esperaba que le consultara hasta el último detalle. Y después, la había besado de forma apasionada.

Al recordar la sensación de tenerla entre sus brazos se excitó. El deseo lo invadía por dentro. Y si su empleado no los hubiera interrumpido, Larkin habría tomado a Winnie en brazos y la habría poseído de pie.

Winnie era una mujer complicada y fascinante. Una mujer por la que sentía un deseo visceral e inexplicable. No debía fiarse de un sentimiento así. Le pagaban por mantener a salvo a sus huéspedes. Y a ella. Sin embargo, mientras la estaba besando no había pensado para nada en su trabajo.

Y eso lo sorprendía. ¿Se estaría engañando a sí mismo acerca de los motivos para sugerirle que se escondiera en Wolff Mountain? Él no permitía que ninguna mujer influyera en sus decisiones. Entonces, ¿por qué iba a complicarse la vida?

De pronto, tropezó con una roca que estaba oculta por la hierba. El dolor que sintió en el pie lo hizo volver a la realidad. Llevar a Winnie a la casa de su familia era oportuno y lo había pensado bien. No tenía nada que ver con el sexo.

Capítulo Tres

Después de una mala noche, Larkin tuvo un mal despertar. Y la mañana empeoró cuando se enteró de que Winnie se había marchado. El ama de llaves le comentó que la señorita Winnie se había ido a hacer unos recados.

Larkin echaba humo mientras repasaba su trabajo. Estaba preocupado por su nueva clienta de cabello rubio y barbilla prominente. Y lo que más le molestaba era que la preocupación era personal. Íntima.

Hizo todo lo posible por centrarse en proteger la casa y el terreno. La propiedad de Winnie Bellamy estaba plagada de empleados de Leland Security. Pronto, no podría colarse ni un mosquito sin que saltara una alarma. Larkin también tenía pensado destinar agentes femeninos para que trabajaran por turnos en el refugio para mujeres. Pero para ello Winnie debía de dar su aprobación.

A las cinco de la tarde, Winnie todavía no había regresado. El ama de llaves se había marchado dejando instrucciones para la cena. Los agentes del turno de día también se habían marchado, a excepción del equipo encargado de vigilar el perímetro. Larkin tenía calor, estaba cansado y disgustado.

Se había fijado en la bonita piscina que había en la parte de atrás de la casa principal. Cuando retiró la cubierta vio que el agua estaba transparente y muy apetecible. Alguien la había limpiado y preparado para cuando empezara a hacer más calor.

La tentación era demasiado grande. Larkin se quitó la ropa y se metió en el agua con ropa interior. Nadó unos cuantos largos, agradeciendo el ejercicio, disfrutando del agua fría y dispuesto a despejarse la cabeza.

Cuando salió, se percató de que no se había llevado una toalla. El sol todavía calentaba, así que se acostó en una tumbona y cerró los ojos. Al percibir los rayos del sol, una extraña sensación de placidez lo invadió por dentro.

El canto de los pájaros lo acunó hasta que se quedó dormido.

Winnie estaba enojada consigo misma. No solo había pasado toda la tarde paseando por Nashville con una incómoda peluca y unas gafas oscuras sino que, además, le daba miedo regresar a casa. Por la mañana había tenido una reunión de trabajo con su contacto en los servicios sociales. Después había ido a una tienda de muebles en busca de unas camitas para los niños y a su tienda de ropa favorita.

Comprarse ropa no era algo que hacía muy a menudo. No solía ir a ningún sitio donde no pudiera llevar pantalones vaqueros. Pero en Wolff Mountain tendría que llevar algo elegante. No quería avergonzar a Larkin ni quedar en ridículo.

Después de comer en un restaurante pensó en regresar a casa, pero la idea de encontrarse con Larkin la inquietaba. Durante un rato condujo sin rumbo, planteándose qué hacer. Una opción era fingir que no había sucedido nada. Lo más probable era que Larkin le siguiera el juego.

Otra opción era evitarlo, pero tenía muchas cosas que hacer en casa y esconderse no era una buena elección.

También podía buscar a Larkin, besarlo en la boca e invitarlo a su dormitorio. Miró el reloj y resopló. Había llegado el momento de enfrentarse a la verdad.

Aparcó el coche en el garaje y entró en la casa. Todo estaba en silencio y un delicioso aroma escapaba de la cocina. La señora Cross había dejado la cena en el horno. Larkin no estaba por allí y tampoco había indicios de que ya hubiera cenado.

Winnie subió las escaleras y se dirigió al dormitorio de Larkin. Desde la puerta vio que la cama estaba hecha y que él no estaba allí.

Tenía hambre y decidió que cenaría sin él. Hacía una noche bonita, así que preparó la mesa en la terraza.

Entonces, lo vio. Junto a la piscina, acostado como un semidiós en una tumbona. Él no debió de oírla llegar porque ni siquiera se movió.

Se mordisqueó el labio inferior y tomó una decisión. Había sobrevivido a muchas tragedias en su vida y volverse loca por el carismático Larkin Wolff podía añadirse a la lista.

Con las piernas temblorosas se acercó a la piscina. En el suelo vio el montón de ropa que Larkin se había quitado y se sonrojó al ver que solo llevaba la ropa interior. La tela resaltaba la forma del miembro de Larkin y Winnie sintió un cosquilleo en el estómago.

Muerta de curiosidad, se acercó a él una pizca. Aunque sentía la tentación de despertarlo, Winnie empezó a retirarse. Sin ropa, Larkin parecía más intimidante y peligroso que antes.

Mientras se retiraba despacio, él se incorporó, apoyó las manos sobre sus rodillas y movió el cuello en círculos.

–¿Te gusta lo que ves? –preguntó con una sonrisa.

Sus miradas se encontraron. Ella fue la primera en apartar la vista. Respiró hondo y se dirigió a él con una sonrisa.

–La cena está preparada. Pensé que tendrías hambre.

–¿Dónde has estado todo el día?

–Fuera.

–Pensé que estarías preocupada por tus huéspedes.

Ella se encogió de hombros.

–Sabía que tú estarías vigilando.

–¿Y qué hay de tu propia seguridad?

–Me he disfrazado. Además, puedo ir a la mayoría de los sitios sin que me reconozcan. El problema está aquí, porque la gente ya sabe dónde vivo.

Él se levantó y se puso el pantalón con toda la naturalidad del mundo.

–Creía que me estabas evitando.

Winnie se sonrojó.

–Qué idea más ridícula.

Él no se molestó en ponerse la camisa. Quizá porque sabía que estando medio desnudo tenía ventaja.

–¿Vas a ignorarlo sin más?

–¿El qué?

–Nuestro beso.

–Ese era mi plan.

–No pensé que fueras una cobarde.

La acusación le dolió. Pero no permitiría que él la provocara. Tratando de mostrar seguridad, se volvió y se encaminó hacia la casa.

–Si quieres puedes cenar conmigo en el porche –le dijo, y continuó sin esperar a ver si él la acompañaba–. Pero ponte una camisa, aquí nos vestimos para cenar.

Larkin sonrió y se tomó un instante para ponerse los zapatos y abrocharse la camisa. Cuando llegó al porche, Winnie ya había servido dos platos de lasaña y un cuenco de ensalada.

–Huele muy bien –dijo él, abriendo la mosquitera y observando la mesa tan acogedora que había preparado.

Se fijó en que ella se había arreglado para la cena. Llevaba un vestido de lino gris, unos pendientes de azabache y un collar de cuentas a juego que caía entre los senos. El cabello lo llevaba recogido en un moño detrás de la nuca.

Sin embargo, llevaba los pies descalzos. Y eso lo hizo sonreír.

Ella se sentó y dijo:

–No dejes que se enfríe.

Cenaron en silencio mientras oscurecía. Al final, la curiosidad que sentía Larkin lo llevó a preguntar:

–Sigo sorprendido por el proyecto que llevas, Winnie. ¿Tuviste una infancia infeliz? ¿Te identificas con los niños que viven allí?

Ella se quedó sorprendida por su pregunta.

–¡Cielos, no! Mis padres eran unas personas encantadoras. Aunque yo pintara con cera en las paredes de casa y bailara desnuda en una de las cenas que celebraban, nunca utilizaron el castigo físico conmigo. Me mimaban a su manera. Simplemente no sabían qué hacer con un hijo. Podían haberme dado en adopción, o incluso haber abortado. Siempre he estado agradecida por que se quedaran conmigo, aunque supusiera un trastorno para sus ordenadas vidas.

Larkin percibía la sinceridad en sus palabras. Y sabía que nunca había estado casada. Entonces, ¿por qué se sentía obligada a ayudar a mujeres maltratadas y a niños asustados? La gente normal solía actuar por alguna motivación. Larkin estaba decidido a averiguar cuál era la de Winnie. Aunque no sabía por qué, era importante para él.

Cuando ya estaba demasiado oscuro como para ver bien, Winnie habló con tranquilidad.

–Mañana necesitaré tu ayuda. Tengo que decirles a las mujeres que tengo a mi cargo que me marcho el jueves. Quiero que hables con ellas y les expliques que están seguras aquí. Y que cuando yo me haya ido, los helicópteros y los desconocidos que intentan acceder a mi propiedad, dejarán de molestarlas.

–Creía que no sería bien recibido.

–Yo iré primero y prepararé el terreno. Estarán bien. Hay algo en ti que inspira confianza. Puede que estés muy fuerte, pero nunca harías daño a alguien indefenso.

–¿Cómo puedes estar tan segura?

–No lo sé. Supongo que podría equivocarme pero me da la sensación de que eres un hombre protector.

Él recordó las noches en las que escondía a la pequeña Annalise en su cama y cómo le temblaba el cuerpo mientras ambos se encogían al oír los gritos enfadados de su madre. Su hermano Devlyn era más fuerte y más grande. Larkin oía los golpes y sabía que su hermano nunca lloraría. Él deseaba salir al pasillo y pegar a su madre hasta que ella parara. Pero alguien tenía que proteger a Annalise.

Así que Devlyn se enfrentó solo a la bestia alimentada por el alcohol. Y Larkin soportó la vergüenza.

Se movió en la silla con nerviosismo. Rara vez permitía que los recuerdos afloraran a su mente. Sin embargo, el ingenuo comentario que Winnie había hecho sobre su personalidad los evocó.

–Es cierto que nunca haría daño a alguien más débil que yo, pero no me consideres un héroe, Winnie. Puedo ser tan interesado como cualquier otro.

Larkin la ayudó a llevar los platos a la cocina. Winnie se agachó para llenar el lavavajillas. Se apoyó en la encimera hasta que ella terminó. Cuando se volvió para mirarlo, le tendió una mano.

–¿Te apetece dar un paseo? La lasaña tenía muchas calorías.

Winnie tardó unos segundos en contestar.

–No sé lo que sucedió anoche –dijo ella–, pero no acostumbro a acostarme con hombres a los que acabo de conocer. Ni aunque el apellido Wolff conlleve ciertas garantías.

–Un paseo, Winnie. Eso es todo.

–Supongo que eso no puede ser malo –dijo ella con una sonrisa.

–¿Quieres unos zapatos?

Ella negó con la cabeza.

–Me encanta sentir la hierba entre los dedos.

–Entonces, iré como tú –se quitó los zapatos y los calcetines.

Ella lo miró asombrada pero no dijo nada.

Cuando salieron de la casa por la puerta principal, él la guio hacia la verja de la entrada. La mayor parte de sus hombres estaban agrupados alrededor de las dos casas, así que Larkin sabía que allí tendrían más intimidad.

La hierba era como terciopelo bajo sus pies. Larkin sabía que estaba jugando con fuego. Un hombre inteligente le habría dado las buenas noches, igual que había hecho él el día anterior. En la vida, avanzaba solo. Necesitaba su espacio personal, así que no había hueco para Winnie. No obstante, el recuerdo del beso que habían compartido lo acechaba, provocando que sufriera una fuerte erección y que deseara tumbar a Winnie sobre la hierba y levantarle el vestido hasta la cintura.

El deseo era tan intenso que tuvo que respirar hondo para calmarse.

Winnie no pareció notar su agitación. Iba tarareando una canción mientras paseaban.

Al aproximarse al final del camino, Winnie se alejó de Larkin. Él sintió la pérdida. Había algo en ella que calmaba la confusión que sentía en su interior y que le daba sensación de paz.

Ella cruzó las manos detrás de su espalda y miró hacia el cielo.

–Por esto no vivo en la ciudad –dijo ella–. Me encanta el cielo, la soledad.

–¿Te gusta estar sola? Quizá aprovechas tu dedicación a esas mujeres para escapar de la vida real.

La tensión se levantó entre ellos.

–No tienes derecho –dijo ella, con los puños cerrados a ambos lados del cuerpo.

Él la agarró por la muñeca y notó su pulso acelerado.

–¿He dado en el clavo?

–No pienso hablar de esto contigo –se soltó.

Larkin experimentó una mezcla de deseo y frustración. Necesitaba saber lo que ella estaba pensando… lo que sentía. La incertidumbre lo estaba comiendo por dentro, minando los cimientos de sus buenas intenciones.

–¿Me besaste porque te sentías muy sola o por algo más? –la agarró de los hombros y la sacudió despacio–. Dime la verdad.

Winnie permaneció quieta y con la respiración acelerada. Él le acarició los brazos y le suplicó:

–Contéstame, Winnie.

Ella dio un paso atrás.

–Estar sola es mi elección –dijo en voz baja–. Te besé porque eres muy atractivo. Eso es todo.

–Es suficiente –contestó él–. Podría decir lo mismo de ti, Winnie. Irradias una potente sexualidad y estoy casi seguro de que no eres consciente de ello.

–Sería una tontería por nuestra parte comenzar algo –susurró ella–. Sobre todo porque pronto estaremos rodeados de toda tu familia.

Le temblaba la voz y eso provocó que Larkin se sintiera culpable. Era un auténtico egoísta. Y sus principios no eran más que palabras vacías de contenido. Era como cualquier otro hombre, y se dejaba llevar por el deseo hacia una mujer.

–Quizá no estemos empezando nada. Quizá somos dos personas solitarias disfrutando del momento.

–¿Y no ves nada de malo en eso?

–Para nada. Creo que eres la mujer más fascinante que he conocido en mucho tiempo. Te deseo, aunque sé que es una idea peligrosa. Admito mis incoherencias y trato de decirme que puedo sacar provecho de una situación inesperada igual que cualquier otro hombre –se acercó a ella–. Si no estás segura, probemos. Quizá lo de anoche fue una casualidad.

Ella se resistió una pizca mientras él la abrazaba, pero finalmente suspiró y se apoyó en él, alzando la cabeza para recibir sus labios. Él se detuvo un instante. ¿Tenía derecho a coquetear con Winnie sabiendo que no quería nada duradero? Intentaba convencerse de que no transgrediría su código personal si aquello no era nada permanente, pero a pesar de que estaba muy excitado en seguida vio los fallos de su razonamiento.

Sin embargo, no era capaz de mantener el control…

La besó con delicadeza y oyó que Winnie gemía. De pronto, un intenso deseo lo invadió por dentro. Introdujo los dedos en el cabello a Winnie, le sujetó la cabeza y la besó de forma apasionada.

Ella comenzó a juguetear con su lengua mientras le acariciaba la espalda. Cuando se separaron para tomar aire, le colocó la mano en la mejilla.

–No fue una casualidad.

Justo cuando él le retiraba un mechón de pelo del rostro, la luz de un flash los iluminó. Sólo tardaron un segundo en darse cuenta de lo que sucedía. Larkin saltó la valla para perseguir al fotógrafo que se había atrevido a grabar un momento tan íntimo.

Pero el hombre le llevaba ventaja y tenía un cómplice en la carretera. Cuando Larkin se detuvo, oyó el rugido de un motor y vio desaparecer un vehículo entre la noche.

Winnie estaba esperándolo en la carretera cuando regresó.

–¿Has tomado el número de matrícula?

–Está demasiado oscuro. Maldita sea, lo siento. Ha debido de tener cuidado para no tocar la verja, si no habrían saltado las alarmas.

–No te sientas mal. Esto lleva semanas sucediendo. Ahora ya sabes por qué quiero marcharme. Es cuestión de tiempo hasta que alguien se entere de que estoy ocultando a una docena de mujeres maltratadas. Me temo que este barco ya lo hemos perdido –dijo ella con resignación–. Mañana aparecerá esto en los periódicos.

Él la abrazó.

–Lo siento. Mi familia ha estado acosada por la prensa durante años. Se lo que es.

Ella se separó de él.

–Lo pasaste mal cuando tu madre y tu tía murieron, ¿verdad? Leí sobre ello en un artículo cuando trataba de decidir si contratarte o no.

–Fue horrible. Yo era pequeño. No lo recuerdo muy bien. Mi primo Gareth era el único que podía leer los periódicos. Creo que estuvo afectado mucho tiempo, pero después encontró a su esposa, Gracie. Ella ha conseguido que vuelva a sonreír... Que sea feliz.

–Veo que sois una familia unida.

–No nos quedó más remedio. No nos dejaron ir al colegio hasta que no llegamos a la universidad. Durante todos esos años no teníamos a nadie con quien jugar, estudiar o reñir, más que a nuestros hermanos o primos.

–¿Y te molesta que ellos se hayan casado?

Él lo pensó un instante. Iban andando despacio, de regreso a la casa. ¿Se sentía celoso? ¿Traicionado? Quizá sí. Y no era algo racional. ¿Era por eso por lo que se aferraba tanto a la idea de que no quería que nadie lo necesitara?

–Supongo que sí siento algo al respecto –murmuró–. Me gustaría pensar que es nostalgia del pasado, cuando éramos un grupo de seis, y no celos. Me alegro por todos ellos. De veras. Pero esta ola de felicidad matrimonial ha sucedido tan rápido que casi me da vueltas la cabeza.

–No es contagioso. No te preocupes.

Ella abrió la puerta de la casa y se dirigió a él.

–No necesito que me salves de mí misma, Larkin Wolff. Si terminamos en la cama será para disfrutar de un momento de placer. Me gusta tanto la libertad como a ti.

Él la sujetó por la barbilla y le acarició el labio con el dedo pulgar.

–Soy un hombre egoísta, cabezota e inflexible. Sería un mal partido para cualquiera.

Winnie lo miró fijamente.

–Me alegro de no estar en el mercado buscando marido. Buenas noches, señor Wolff.

Él la observó fijamente hasta que sus bonitas piernas y sus pies descalzos desaparecieron de su vista. ¿Qué pensarían sus familiares de Winnie Bellamy?

Después de hablar con el turno de la noche, se dio una ducha. Tenía una fuerte erección que desmentía la idea de que quería tomarse las cosas despacio con Winnie. La deseaba en su cama. En ese mismo instante. O en la de ella. El sitio no le importaba. Pero se preguntaba cuánto tiempo pasaría antes de poder poseerla. Porque sabía que lo haría. Ni siquiera Winnie podía negar que la conexión entre ambos fuera real.

Capítulo Cuatro

Al día siguiente llovió. Y Winnie estaba igual de taciturna que el día. Por la noche no había podido dormir, y parte de su nerviosismo se debía a la decisión de ir a Wolff Mountain. No obstante, el incidente con el fotógrafo le había recordado todos los motivos por los que necesitaba marcharse.

A media mañana estaba trabajando en el comedor. Había contratado a una amiga de confianza para que fuera a vivir en la casa y desempeñara el papel de Winnie mientras ella no estaba. El equipo de Larkin se ocuparía de que no entraran intrusos.

Cuando Larkin la interrumpió justo antes de las once, se le aceleró el corazón.

–¿Necesitas algo? –preguntó ella con frialdad.

Larkin asintió desde la puerta.

–Me gustaría conocer a las mujeres cuanto antes. Creo que sería bueno para ellas saber cómo van a protegerlas cuando tú no estés. Y que sepan quién está de guardia en cada momento y cómo funciona el sistema de seguridad.

Él tenía razón.

–¿Qué tal justo después de comer? Iré primero y les explicaré por qué vas a hablar con ellas. Después te llamaré para que vengas.

–Me parece bien –se acercó a la mesa llena de papeles–. Nunca me has explicado cómo funciona esto. ¿Hay un tiempo máximo en el que la familia puede quedarse?

Ella recogió un montón de carpetas y deseó poder actuar como si él fuera un hombre cualquiera. Larkin Wolff hacía que se comportara de manera diferente a la habitual.

–Cada caso es diferente. Cuando hay una condena y el marido o el novio está entre rejas, las mujeres a veces pueden marcharse.

–¿Y si no?

–Tenemos muchas mujeres que nunca presentan cargos. Su única esperanza es desaparecer. Tenemos contactos que pueden ayudarlas, pero eso significa que han de mudarse de ciudad y cambiarse de nombre. Se quedan sin amigos, sin familia... Me parte el corazón –notó que le temblaba la voz y respiró hondo. La única manera de proteger a las mujeres que le pedían ayuda era manteniendo una distancia emocional con ellas. A veces era más fácil decirlo que hacerlo. Si se implicaba demasiado, acabaría agotada muy pronto.

–Debe de ser muy difícil verlas marchar –dijo él.

Winnie sentía que le ardía la garganta por contener las lágrimas.

–Si pudiera me quedaría con ellas para siempre, pero entonces no podría admitir a ninguna nueva.

Él llevaba una camisa de color azul que conjuntaba con sus ojos. Aunque aparentaba estar relajado, ella siempre tenía la sensación de que era como una pantera a punto de saltar.

–Winnie, algún día, cuando sientas que puedes confiar en mí, me gustaría saber por qué esas mujeres significan tanto para ti.

Los recuerdos del pasado le provocaron náuseas. Y un sentimiento de humillación.

–¿No puede ser que solo esté haciendo una labor social?

–Es algo personal. Lo veo en tu mirada. Me encantaría que compartieras esa historia conmigo. Cuando estés preparada para ello.

La dulzura y empatía de su mirada amenazaban con derrumbarla.

–He de hacer una llamada –dijo ella, y se marchó antes de no poder contener las lágrimas–. Bajaré a comer al mediodía.

Winnie no bajó a comer. Según la señora Cross, estaba atendiendo una llamada y comiendo en su despacho. Larkin aceptó la escusa y se llevó el sándwich para comérselo en el porche. Le encantaba la casa de Winnie. Y podía imaginar cómo la paz y la tranquilidad ayudaba a las mujeres a recuperarse.

Mientras contemplaba la casa de ladrillo en la distancia trató de solventar el misterio del pasado de Winnie. Había dicho que sus padres eran buenas personas, aunque no tenían ni idea de cómo criar a un hijo. Y también sabía que Winnie nunca había estado casada. La investigación que había hecho de su pasado así lo confirmaba. No le había contado a Winnie que la había investigado, pero era parte de su trabajo.

A la una en punto, Winnie apareció de pronto. Abrió la puerta mosquitera y salió.

–Voy a decirles que vas a ir a verlas. Y a explicarles por qué creo que es necesario que me marche unas semanas. Te llamaré dentro de quince minutos.

Cuando él llegó, las residentes estaban reunidas en el salón y su mirada era de cautela pero no de miedo.

Larkin se presentó brevemente y les explicó los sistemas de seguridad que había instalado.

–No tenéis por qué preocuparos. He contratado a los mejores agentes del país. Son discretos y comprometidos con su trabajo. Pero si alguna vez os sentís amenazadas, la alarma que está en la puerta principal hará que acuda alguien en menos de un minuto.

Solo le hicieron dos preguntas. Después, las mujeres se marcharon. Esteban permaneció allí con el dedo en la boca.

–Hoy hemos jugado en el jardín.

Larkin sonrió.

–¿Cuántos años tienes?

–Seis y medio.

Larkin se sorprendió al oír su edad. Era un niño menudo, quizá por la mala alimentación.

–¿Te gusta leer?

Esteban se encogió de hombros.

–No sé leer.

Winnie le susurró al oído.

–Cuando se mueven de un lado para otro, es difícil que tengan continuidad con el colegio.

Larkin se identificó con el niño, a pesar de las enormes diferencias que había en sus situaciones sociales. Además, Esteban tenía madre y no padre. Larkin justo lo contrario. Sonrió al pequeño.

–Tengo un equipo de béisbol en mi camioneta. Quieres preguntarle a tu madre si te deja jugar un poco en el jardín.

Al niño se le iluminó el rostro.

–¡Sí! Voy a preguntarle.

Salió de la habitación y Larkin miró a Winnie.

–Lo siento. Supongo que debería habértelo preguntado primero.

–No pasa nada. Dependerá de lo que diga su madre. Como te puedes imaginar, las madres suelen ser muy protectoras.

Esteban regresó al instante.

–Vamos –dijo, agarrando a Larkin del brazo.

Larkin sacó el equipo del coche y se fijó en que Winnie se sentó en un banco para observarlos. Esteban aprendió a jugar en seguida. Era evidente que otras mujeres los observaban desde la casa, pero se mantenían escondidas.

Al cabo de una hora, Larkin comentó:

–Tengo trabajo por hacer, pequeño. Y tú ya has hecho bastante por hoy.

–Algún día voy a jugar en el equipo de los Yankees. ¿Vendrá a verme, señorita Winnie?

–Por supuesto.

Larkin guardó los bates, los guantes y la pelota en la camioneta. Momentos más tarde, cuando regresó hacia el banco, Winnie había desaparecido. Lo estaba evitando. Quizá por muchos motivos. Él comprendía su reticencia, pero no le gustaba.

Se dirigió a la parte trasera de la parcela para reunirse con su equipo una última vez. Todo estaba funcionando como debía. La propiedad de Winnie estaba completamente protegida.

Más tarde, cuando Larkin llegó a su habitación para darse una ducha y vestirse para la cena, estaba deseando ver a Winnie otra vez. Incluso entonces se preguntaba si ella no cambiaría de opinión acerca de ir a Wolff Mountain en el último minuto. Y su temor se acrecentó cuando vio la nota sobre la cómoda.

Estimado Larkin,

Tengo varias llamadas que hacer esta noche, así que cenaré en mi habitación. Probablemente me acueste temprano. Siento no estar disponible para que me enseñes todos los timbres que has instalado, pero confío en que habrás tenido en cuenta hasta el último detalle.

Winnie

Él comenzó a enfadarse. Deseaba a Winnie. Solo el tiempo le diría si había podido resistirse a la tentación.

***

Winnie despertó a las seis a pesar de que apenas había dormido. En parte, esperaba que Larkin hubiera llamado a su puerta la noche anterior para pedirle que bajara. No estaba segura de si estaba aliviada o decepcionada porque no lo hubiera hecho.

Tenía que decidir qué cosas llevarse para su visita a Wolff Mountain. Con las compras que había hecho, incluyendo la atrevida lencería que indicaba claramente lo que estaba pensando, tendría cubiertas todas las situaciones posibles.

Puesto que había estado evitando a Larkin el día anterior, no tenía ni idea de a qué hora pensaban marcharse. Eso significaba que tendría que enfrentarse a él tarde o temprano. La noche anterior había soñado con él. Ardientes sueños eróticos que nunca solía tener.

Larkin había hecho que aflorara en ella una faceta que hacía tiempo tenía olvidada. Era desconcertante. Después de vestirse, bajó a tomarse un café. Solo eran las siete y la señora Cross no llegaría hasta media hora más tarde.

Al abrir la puerta de la cocina percibió el aroma a café. Larkin tenía una taza en la mano.

–Te debo una –dijo ella, sirviéndose un café e inhalando su olor antes de probarlo.

Larkin estaba sin afeitar y tenía cara de sueño, como si hubiese bajado nada más salir de la cama.

–¿Podrías estar preparada dentro de una hora? –preguntó con tono tenso.

–Sí –dijo ella. Bebió un sorbo y preguntó–: ¿Qué te pasa?

Él dejó la taza en el fregadero y se volvió para mirarla con los brazos cruzados. El polo de manga corta que llevaba le resaltaba la musculatura de los brazos.

–¿Cuánto tiempo crees que vas a poder evitarme? O fingir que no te he besado. Dos veces.

–No te estoy evitando –mintió ella–. Tengo que preparar muchas cosas antes de marcharme. Lo siento si piensas que no he sido una buena anfitriona.

–Sabes muy bien de qué estoy hablando.

–¡Alguien se ha despertado de mal humor!

–Por favor, Winnie, será mejor que te retractes. He dormido tres horas y estás pisando en terreno movedizo.

–¿Que me retracte de qué?

Ella dio un paso en su dirección. ¿Estaba intentando hacer que él se enfadara? Sabía lo que un hombre enfadado podía llegar a hacer. ¿Larkin sería como los demás? ¿Explotaría?

Larkin estaba temblando de furia. Se acercó a ella y la miró fijamente.

–Esta mañana no me provoques. Te lo advierto.

–Haz lo que quieras. No te tengo miedo. ¿Vas a pegarme?

Al instante, Larkin palideció y dio un paso atrás.

–¿Por qué diablos me preguntas eso?

Ella se sintió avergonzada. Como si le hubiera hecho daño.

–Estabas furioso –ya no sabía cómo se sentía. El ambiente de la habitación había cambiado por completo.

Larkin se pasó las manos por el rostro y se apoyó en la encimera.

–Puede que cuando te marches de Wolff Mountain esté completamente loco.

–¿Qué quieres decir? Si no ibas a pegarme, entonces, ¿qué iba a pasar? He visto la expresión de tu rostro. Ya no aguantabas más.

–¿De veras sabes tan poco sobre los hombres? –preguntó él con una sonrisa–. He tenido una erección durante casi veinticuatro horas. Tú me has estado evitando como si hubiese mancillado tu inmaculada reputación. Se llama frustración sexual, Winnie. Y esto es lo que pensaba hacer.

La agarró de la muñeca y la atrajo hacia sí para besarla en la boca con maestría. Ella sintió que le flaqueaban las piernas y que se le formaba un nudo de deseo en el estómago.

Le costaba mantenerse de pie, pero Larkin la sujetaba por los hombros mientras la devoraba.

De pronto, se retiró y la miró a los ojos.

–Rodéame el cuello con los brazos, Winnie.

Ella obedeció y, al juntar su cuerpo contra el de él, sintió la fuerza de su erección. Larkin comenzó a besarla de manera apasionada, mordisqueándole los labios y jugueteando con la lengua en el interior de su boca.

Ella se estremeció, preparada para ofrecerle lo que él deseaba. En ese mismo instante, supo que Larkin y ella estaban hechos el uno para el otro. Deseaba más. Metió la mano bajo su camiseta y le acarició la piel. Estaba ardiendo. Cuando le acarició el pezón, Larkin gimió.

Él le deslizó las manos por los muslos y le levantó la falda. Winnie sintió que se le formaba un nudo en la garganta. Debía detenerlo en ese mismo instante, pero hacía que se sintiera tan bien que deseaba gemir de placer. Él comenzó a juguetear con el elástico de su ropa interior.

Ella tuvo que contenerse para no suplicarle que se diera prisa. Él introdujo los dedos bajo la prenda y comenzó a acariciarla de manera íntima en el lugar donde su cuerpo estaba húmedo y preparado para recibirlo. La acarició despacio, provocando que ella suspirara y ocultara el rostro contra su cuello.

La acarició de manera rítmica, haciendo que se intensificara su deseo. Ella quería decirle que parara, pero no pudo.

Larkin la besó en la oreja y se la lamió con la lengua. De pronto, le introdujo dos dedos en el cuerpo y ella gimió con fuerza, arqueando las caderas contra su mano y clavándole los dientes en el hombro mientras disfrutaba del orgasmo.

–Eres maravillosa, Winnie Bellamy –le susurró Larkin al oído–. Ardiente como un fuego artificial y tan sexy que haces que mi cerebro se mustie y otra parte de mi cuerpo se ponga dura.

–Nadie ha pensado nunca que soy sexy –dijo sin reparar en sus palabras.

Él jugueteó con su sexo, provocándole que se estremeciera de nuevo.

–Entonces has estado rodeada de los hombres equivocados.

Eso hizo que volviera a la realidad. Se retiró de él y se estiró la ropa.

–De los hombres equivocados, no –aclaró–. Simplemente no ha habido hombres.

–¿Eres virgen?

–Técnicamente no –lo tranquilizó–. Pero si crees que me sé el Kama Sutra, o la manera de complacerte, te equivocas. No sé. Debería habértelo dicho antes, pero, sea lo que sea que hay entre nosotros, me ha pillado desprevenida. De veras, es mejor si lo paramos a tiempo.

–Debería estar de acuerdo contigo. Estoy quebrando todas mis normas respecto a ti como clienta. Haces que me pregunte cosas de las que creía estar completamente seguro –le tomó la mano y se la colocó sobre el pantalón para que notara su miembro erecto–. Esto tiene que ver contigo, amor mío. Supongo que voy a olvidarme de mis propios principios. Y te aseguro que no voy a alejarme de ti solo porque seas inexperta. Admito que nunca he estado con una mujer sin experiencia, pero supongo que eso nos pone al mismo nivel. Todo lo que haya entre nosotros será nuevo para los dos.

–No hay un nosotros –dijo Winnie–. Has de olvidar esa idea. Sólo vamos a estar juntos dos o tres noches en Wolff Mountain. Lo dijiste tú. Sería insoportable que empezáramos algo y se estropeara.

–Empezar algo contigo es en lo único que puedo pensar.

Ella se sonrojó.

–¿Te das cuenta? Incluso hablar de sexo me resulta extraño. Eres atractivo y encantador y estoy segura de que tienes una agenda con el nombre de una mujer en cada letra del alfabeto. No puedo competir con eso. Por favor, olvida que nos hemos besado.

–No puedo –dijo él–. La tensión y excitación sexual que hay cada vez que estamos en la misma habitación no es casual. Es de verdad. Y muy poderosa. Tengo que alejarme, pero no puedo. Al menos todavía. Este fin de semana vas a pasarlo conmigo, Winnie. Tarde o temprano vas a estar debajo de mí, gritando mi nombre mientras hacemos el amor hasta desmayarnos.

Ella lo miró boquiabierta. La imagen que él describía hizo que ella anhelara algo que nunca tendría, ni aunque cediera y aceptara convertirse en su amante. Cuando ambos compartieran una relación íntima, Larkin se convertiría en su universo. Aunque tratara de engañarse, sabía que acabaría enamorándose y que él le partiría el corazón, porque, tal y como le había dejado claro, él no era el tipo de hombre que contraía matrimonio.

Ella quería a alguien que la amara desesperadamente. Muchas de las mujeres que estaban a su cuidado se mentían continuamente diciéndose que sus hombres podían cambiar. Si Winnie se permitía creer en un futuro con Larkin, cometería el mismo error.

Otra cosa era decidir disfrutar de una aventura temporal. Y quizá pudiera hacerlo si tuviera el valor. Pero esperar más era como pedirle a la luna que la calentara como el sol. Larkin era inaccesible cuando se trataba de mantener una relación seria.

–Creo que tenemos que admitir que no estamos de acuerdo –dijo ella, tratando de ignorar el revoloteo que sentía en el estómago.

Larkin nunca había estado en esa posición. Solo la inexperiencia de Winnie evitaba que la situación empeorara. Estaba destrozado.

A pesar de que había decidido lo contrario, estaba a punto de seducirla pese a sus objeciones.

Estaba muy excitado. Tenía una fuerte erección y Winnie no se imaginaba lo desesperado que estaba. ¿Cómo podía ser que aquella mujer tan poco convencional lo dejara en ese estado?

Larkin Wolff nunca permitía que el deseo gobernara su rumbo. El sexo era algo estupendo. Y él lo disfrutaba. A menudo. Pero no lo suficiente como para permitir que cualquier mujer lo convenciera de que debía ser sumiso. Comprometerse con una mujer implicaba una responsabilidad, y él ya había tenido bastantes. Devlyn y Annalise eran felices. A pesar de que él les había fallado en repetidas ocasiones. Solo la inoportuna muerte de su madre pudo salvarlos a todos. Entonces, ¿cómo podía contemplar siquiera la idea de convertir a la dulce, generosa y vulnerable Winnie en parte de su vida?

Ella no era el tipo de mujer que se contentaba con una relación puramente sexual. Y si él no podía ofrecerle amor eterno, ¿qué otra cosa podía ofrecerle?

La observó mientras se servía otra taza de café y trató de actuar como si ella no hubiese puesto su vida patas arriba.

El ruido de la puerta principal al abrirse les indicó que la señora Cross había llegado.

–Vamos –dijo él, y la agarró del brazo indicándole que lo siguiera hasta la escalera de la parte trasera de la casa.

Subieron hasta la segunda planta y se detuvieron frente a la puerta de su dormitorio.

–Te deseo –murmuró él, dispuesto a arrastrarla al interior para demostrarle cómo un hombre podía convencer a una mujer.

Winnie palideció.

–Sobrevivirás.

–¡Maldita seas! ¿Por qué has de ser tan cabezota? –apoyó la frente contra la suya y la sujetó por los hombros.

–Piénsalo bien –le suplicó ella–. Esto es ridículo. Ojalá pudiera culpar a la luna llena, pero estoy segura de que dentro de poco te darás cuenta de que estamos haciendo lo correcto al resistirnos a lo que está pasando. Este fin de semana voy a conocer a tu familia en una fiesta de cumpleaños. Da igual cómo reaccionemos cuando estamos juntos, no debemos permitir que esto vaya más lejos. No podemos ir escondiéndonos por ahí para tener conversaciones atrevidas.

Larkin la abrazó, tranquilizándose con su presencia, aunque el dolor que sentía en la entrepierna seguía siendo intenso. Quizá tuviera razón. Pero él no estaba convencido. Y tampoco podía pensar con claridad.

–No voy a prometerte nada –le dijo.

Winnie se liberó de su abrazo y dio tres pasos hacia su habitación.

–Es como la gripe –le dijo–. Has de pasarlo. No soy irresistible, lo prometo.

Él vio en su expresión que hablaba con sinceridad. Al menos tal y como ella lo veía. La falta de confianza en su feminidad lo preocupaba. Cuando se trataba de trabajo, ella era asertiva. Y estaba seguro de que lucharía a muerte por las mujeres y niños que estaban bajo su protección.

¿Y cómo no podía darse cuenta de cómo la deseaba? ¿Y de lo bella y especial que era?

Se aclaró la garganta y dijo:

–Te veré abajo dentro de veinte minutos. Enviaré al chófer para que recoja tus maletas. Haré lo que haga falta para ayudarte a dormir por la noche –dijo él, provocándola–. Tengo planes para ti, Winnie. Así que estate prevenida.

***

Larkin entraba por la puerta principal justo cuando ella llegaba al recibidor. Al ver sus zapatos de tacón, él la miró de arriba abajo, fijándose en sus piernas esbeltas y después en sus pechos.

Ella se sonrojó al instante.

–Estaré en la cocina –dijo, y se dio la vuelta.

–El chófer ya está aquí.

–No tardaré mucho.

–¿Y tú suplente?

–Mi amiga llegará dentro de un rato, pero no tenemos que esperarla. La señora Cross y ella ya se han ocupado de la casa cuando me he ido en otras ocasiones –se marchó justo cuando entraba el chófer para acompañar a Larkin a por las maletas.

Cuando regresó, Larkin la esperaba impaciente.

–Vamos –le dijo–. No queremos llegar tarde.

Apenas hablaron de camino al aeropuerto. Larkin se dedicó a mirar por la ventana y ella a leer los mensajes pendientes que tenía en el teléfono.

Nunca había volado en un jet privado. El piloto la recibió con amabilidad y la azafata la acompañó a su asiento y le ofreció una bebida. Winnie se sentía como una intrusa, sobre todo cuando Larkin se sentó en la parte delantera con el piloto y el copiloto. Al cabo de un rato, se quedó dormida.

Cuando despertó de la siesta, aterrizaban en Charlottesville. Winnie había leído que la casa de los Wolff estaba en la cima de una montaña en un bosque de Virginia.

Después de una hora y cuarenta y cinco minutos de trayecto en coche, cuando ya quedaba poco para llegar a destino, preguntó:

–¿Qué es lo que nos espera esta noche?

–Una cena familiar. Mañana te llevaré a ver la zona. Y quizá tengamos que decorar el lugar, si no dan lluvia por la noche. La fiesta es el sábado a las dos.

–¿Fuera?

–Al parecer, sí. A mi hermana siempre le gustó el riesgo. La predicción del tiempo dice que habrá sol y una temperatura agradable.

–Estará encantada.

–Estoy seguro de que a Annalise nunca se le ha ocurrido que pudiera ser de otra manera.

–La adoras.

–Quiero mucho a mi familia, pero sí... Annalise es especial. Nunca comprenderé cómo ha sobrevivido en una casa llena de hombres.

–¿Y su marido?

–¿Sam? Es un amigo de la familia desde que éramos niños. Su padre fue el arquitecto que diseñó el castillo Wolff.

–¿De veras lo llamáis así?

Él se rio.

–No era nuestra intención pero los locales empezaron a referirse así al lugar y se quedó con ese nombre.

Winnie continuó conversando para entretenerse. Cuando llegaron a la verja de la casa empezó a ponerse nerviosa. Mientras esperaban a que abrieran la puerta para coches, preguntó:

–¿Y cómo empezaron a salir Sam y Annalise?

–En mi opinión, creo que ambos se atraían desde hacía mucho tiempo. Los dos son muy cabezotas, Annalise más que Sam. Así que tuvieron que quedarse atrapados por la nieve durante una tormenta para admitir que se habían enamorado.

–¡Qué romántico!

–Lo es –se rio Larkin–. Cuando no intentan matarse el uno al otro.

–Creía que habías dicho que estaban enamorados.

–Así es, pero cuando uno ama a un Wolff, la vida no siempre es fácil.

Winnie miró por la ventana. Ella no corría peligro de enamorarse de Larkin Wolff.

–¿Cuándo fue la última vez que viniste a casa?

–En Navidad les hice una larga visita. Y luego vine dos noches justo después de que naciera mi sobrino. Tenía que verlo para creer que mi hermanita se había convertido en mamá.

Después de recorrer un camino serpenteante, el coche se detuvo frente a un pórtico. En la cima de la montaña hacía más fresco que en el valle y, cuando Winnie bajó del coche, se estremeció.

La casa donde Larkin se había criado era enorme y tenía aspecto de castillo. Estaba tan bien integrada en el paisaje que parecía que había formado parte de la montaña desde hacía siglos. Pero ella sabía que la tragedia que había llevado a los hermanos Wolff a ocultar a sus hijos de la sociedad había ocurrido apenas unas décadas atrás.

–Vamos, –dijo Larkin–. Te presentaré a mi familia, si es que hay alguien por ahí.

Resultó que solo estaba el ama de llaves para recibirlos. Los tres primos de Larkin tenían casas en la montaña. Igual que Annalise. Y Devlyn y su esposa, Gillian, no llegarían de Atlanta hasta un par de horas después.

Una vez en el recibidor, Winnie observó a su alrededor con interés, mientras el ama de llaves se llevaba a Larkin a un lado para hablar con él en privado. Momentos más tarde, la mujer se dirigió al piso de arriba, y Larkin y Winnie la siguieron.

Winnie agarró a Larkin de la mano y tiró de él para que se agachara.

–¿Qué te ha dicho? –le preguntó con un susurro.

Larkin se detuvo un instante y la miró con picardía.

–Me ha preguntado si ibas a dormir en mi habitación.

Capítulo Cinco

Larkin hizo todo lo posible para no reírse al ver la expresión de asombro que puso Winnie.

–Tranquila –le dijo, rodeándola por la cintura–. Soy un hombre adulto. Ella solo está haciendo su trabajo.

Winnie no parecía para nada tranquila.

–¿Qué le has dicho?

Durante un instante pensó en bromear con ella. La tentación era casi irresistible. Sobre todo cuando imaginaba cómo sería si Winnie y él fueran amantes y compartieran la cama. La imagen le provocó una erección. Larkin suspiró.

–He dicho que eras una buena amiga y que preferirías tener tu propia habitación.

Su respuesta tranquilizó a Winnie, sobre todo cuando el ama de llaves, y el conductor que llevaba las maletas, se detuvieron frente a la puerta de una de las habitaciones de invitados.

–Esto es impresionante –dijo Winnie, acercándose a la cama para dejar el bolso y girando en círculo–. Me siento como una princesa.

Larkin sabía que Winifred Bellamy estaba acostumbrada a las cosas buenas, pero le había asignado esa habitación porque era la más especial.

El ama de llaves y el conductor desaparecieron discretamente.

–Bueno, ¿qué te parece? –preguntó Larkin–. Le he pedido que te acomodara aquí. Mis aposentos están justo al otro lado del pasillo.

Ignorándolo, Winnie abrió las puertas del balcón y salió al exterior. Larkin no pudo resistirse y la siguió. El sol de la tarde los bañaba con una luz especial.

Larkin le colocó las manos sobre los hombros a Winnie y sintió su calor a través del jersey.

–Quiero que estés contenta aquí –murmuró, olisqueándole la nuca.

–¿Tratas de seducirme?

El tono de Winnie hirió su orgullo. La giró para que lo mirara.

–No necesito ayuda para convencer a una mujer de que comparta mi cama. Si tú no quieres, solo tienes que decirme que no. Dímelo y te dejaré tranquila.

–Yo nunca miento –susurró ella–. Ni siquiera a mí misma. Te deseo. Pero me temo que ambos nos arrepentiríamos.

Él la sujetó por las caderas y la atrajo hacia sí, con el fin de que notara cómo reaccionaba su cuerpo cuando estaba con ella.

–Yo también lo he pensado. No puedo ofrecerte la promesa que espera la mayor parte de las mujeres, pero ¿has pensado en el placer por puro placer? Estamos aquí… A solas. ¿Por qué esperar? –la besó, y percibió cómo le temblaban los labios.

Ella lo rodeó por el cuello y le acarició la nuca. Su deseo se intensificó de tal manera que la tomó en brazos y la sentó sobre la barandilla de piedra. Estaban en una segunda planta y él la tenía abrazada. No era una situación peligrosa. Al ver que ella lo miraba con aprensión, se detuvo.

–Vas a decirme que no, ¿verdad?

–Quiero decirte que sí, pero no puedo. Todavía no. Es demasiado pronto. Necesito tiempo para comprender todo esto. Uno de los dos ha de ser razonable.

–¿De qué tienes miedo? Quiero saberlo.

–He venido aquí para desviar la atención de los periodistas y asegurarme de que las víctimas que están a mi cuidado estarán a salvo. Eso es todo.

–Deja que te haga el amor –murmuró él.

–Bájame, por favor.

Él la tomó en brazos y la llevó hasta el dormitorio antes de dejarla en el suelo.

–Sé que me deseas. No puedes disimularlo.

–Sí –contestó ella–, pero los adultos maduros sabemos que hay cosas que son perjudiciales para nosotros aunque las queramos.

–Deja que sea yo quien juzgue tal cosa –la besó de manera apasionada, mostrándole la fuerza de su deseo. Nunca se había sentido tan fuera de control con una mujer. Y de pronto, descubrirlo lo encolerizó. Había pasado gran parte de su vida adulta tratando de que su existencia fuera fácil.

Winnie había quebrado su tranquilidad sin siquiera intentarlo.

No necesitaba pasar por aquello. Y menos cuando toda su familia estaba a punto de observarlo detenidamente. Se obligó a soltarla y dio un paso atrás.

–La cena es a las seis y media –le dijo–. ¿Podrás encontrar el camino al comedor? –estaba comportándose como un cretino y no le importaba. La frustración sexual hacía eso a los hombres. Quería castigarla por hacerlo sentir de esa manera.

–Si coqueteas conmigo, se harán la idea equivocada –dijo ella.

–Llevan juzgando mi vida de soltero desde hace meses. Quizá tú puedas ser mi cortina de humo.

Ella se había quitado los zapatos de tacón y estaba descalza. Él nunca se había considerado un fetichista, pero había algo muy atractivo en sus pies pequeños.

Winnie se sentó en el borde de la cama, con las piernas colgando como si fuera una niña.

–¿Qué vas a contarles de mí?

–Lo que tú quieras.

–La verdad está bien.

–En ese caso les diré que eres una amiga que tiene un problema. Y que me apetecía enseñarte Wolff Mountain. Todo es verdad.

Ella arqueó una ceja.

–¿Somos amigos?

–¿Cómo lo llamarías? –la miró, sin molestarse en disimular lo que sentía por ella

Ella se sonrojó.

–Siempre y cuando no esperes que...

–¿Qué compartas mi cama?

–¡Larkin! –se cubrió las mejillas con las manos–. Deja de decir cosas así. Me has dicho que no te acuestas con tus clientas.

–Eso era antes de conocerte.

–Soy una mujer aburrida.

–Eres guapa y muy sexy. Podría pasar veinticuatro horas contigo en esa cama y no terminar.

–¿Es eso posible? Pensaba que los hombres... bueno que…

–Puede que tuviera que descansar de vez en cuando, pero no te decepcionaría.

Ella se rodeó la cintura y se balanceó suavemente.

–No he dicho que eso fuera un problema. Intento convencerte de que no soy el tipo de mujer al que estás acostumbrado. Y que me avergonzaría cuando descubrieras las deficiencias que tengo entre las sábanas.

–Vamos a dejar el tema, pero prometo que tarde o temprano te convenceré. Será mejor que te vayas haciendo a la idea. Traerte aquí no ha sido la mejor de las ocurrencias, sin embargo, aquí estamos. Soy lo suficientemente egoísta como para aprovecharme de la situación. Dime que no me deseas y te dejaré en paz.

–Eres un arrogante.

Él sonrió pensando en los días que tenía por delante.

–Soy un Wolff. Es cosa de familia. Te espero a las seis.

***

Winnie se tumbó en la cama con los brazos en cruz. Ella era una mujer pragmática y hacía tiempo que había descubierto que dedicaría su vida al servicio de otras personas.

El arte de las relaciones personales no era su fuerte. Incluso con sus padres había tenido una distancia por culpa de la devoción por su trabajo y por su incapacidad para expresar lo que necesitaba emocionalmente. Poco después de que fallecieran se había sentido perdida durante un tiempo y sufrido desastrosas consecuencias. Después de esa experiencia, decidió volcar su corazón, e invertir su tiempo y su dinero en algo más importante que ella misma.

Proteger a mujeres y niños con pocos recursos le daba mucha satisfacción. El dinero nunca había significado mucho para ella, excepto la posibilidad de ayudar a otras personas. Su fortuna personal le había complicado la vida, y ese mismo dinero era el que hacía que tuviera recelo hacia su relación con Larkin.

Durante la mayor parte de su vida la habían juzgado por su cuenta corriente. Nadie miraba a Winifred Bellamy y veía a una mujer joven con potencial. Lo único que les preocupaba era lo que su dinero podía hacer por ellos.

Larkin era diferente. No estaba interesado en su dinero. Entonces, ¿por qué no le creía cuando él le decía que la deseaba? Ella tenía cicatrices del pasado, pero ¿eran tan profundas como para sentirse amenazada por el hecho de que un hombre atractivo mostrara interés por ella?

Durante la siguiente hora y media paseó de un lado a otro de la habitación, incapaz de sentarse. Temía el momento de conocer a toda la familia Wolff. Los grupos grandes la ponían nerviosa.

Dudaba de que nadie creyera que Larkin y ella eran buenos amigos. Larkin era el tipo de hombre que se relacionaba con mujeres sofisticadas. Tal y como él había admitido, Winnie no era su tipo.

Era como un semental salvaje disfrazado de animal civilizado. Cuando la acariciaba, lo notaba. Sus intenciones eran claras. Quería aparearse con ella. Pero sin compromiso.

Se desnudó para darse una ducha y se envolvió el cabello con una toalla. Se miró en el espejo y vio que tenía las mejillas sonrojadas, las pupilas dilatadas, los senos turgentes y los pezones erectos.

El resultado de aquella situación era inevitable. Larkin y ella serían amantes. Más temprano que tarde. Y no sería porque él la presionara. Su perdición sería el deseo que se instalaba en su vientre, y esa excitación intensa que provocaba que se le humedeciera la entrepierna. Todo su cuerpo ardía de deseo. Un deseo que había surgido de repente.

La ducha fue muy rápida. Apenas soportaba tocarse el cuerpo con las manos enjabonadas. En su imaginación era Larkin el que la estaba bañando, acariciándole las piernas, los brazos, el vientre…

Cuando regresó al dormitorio, estaba temblando. Si él la hubiese visto así, lo habría notado. Y ella habría sucumbido a la llama de pasión que se encendía entre ambos.

No quería desear a Larkin Wolff. No quería sentir nada por él. Y temía que el daño ya estaba hecho. Con Larkin, ella reaccionaba como una mujer... Le gustara o no.

Se recogió el cabello en un moño y se puso unos pendientes pequeños de lágrimas de diamante.

Vestida con ropa interior, observó los vestidos que había llevado y eligió uno de color rojo. Era de una mezcla de sedas y tenía un tacto sensual sobre su piel. Las mangas terminaban justo debajo del codo. Una cinta ceñía la cintura y la falda se movía suavemente al andar.

Aunque por detrás tenía una cremallera que le llegaba hasta el cuello, por delante tenía lo que para Winnie era un escote atrevido. Ella siempre se había sentido avergonzada de sus pechos generosos. Siempre intentaba disimularlos.

Mirándose en el espejo, Winnie casi podía sentir el calor de la mirada de Larkin. Aquel vestido llamaría su atención de forma inevitable. ¿Pensaría que se había vestido así para complacerlo?

Se subió una pizca el escote, suspiró y se puso unos zapatos negros de punta y con tacón de aguja.

Después, se puso un poco de brillo de labios y sombra de ojos.

Cuando llamaron a la puerta, respiró hondo. Había llegado el momento. Se colocó la palma de la mano sobre el vientre para tratar de calmar los nervios. Atravesó la habitación y abrió la puerta.

–Estoy lista –anunció.

Larkin no se habría sorprendido más si ella lo hubiese recibido desnuda. Tragó saliva y trató de no fijarse en sus pechos.

–Estás muy bien–le dijo, mientras la guiaba hasta el pasillo y cerraba la puerta.

Winnie le dio un golpecito en el hombro.

–¿Eso es todo? Esperaba algo más.

–¿Preferirías que te dijera que estás tan sexy con ese vestido que me gustaría poseerte contra la pared mientras te agarro del trasero?

–Compórtate –murmuró ella.

Avanzaron por el pasillo sin tocarse. Él estaba muy tenso. Y si su familia veía la expresión de su rostro, descubrirían cuáles eran sus planes respecto a Winnie.

Mientras bajaban por las escaleras él solo podía pensar en el aroma que desprendía el cuerpo de Winnie. No le importaba que su familia especulara acerca de su relación con Winnie, pero que percibieran su obsesión era algo muy diferente.

Durante unos segundos, nadie se fijó en ellos cuando entraron en el comedor. Estaban todos menos los niños. Larkin inclinó la cabeza para hablar con Winnie.

–Los niños están con una niñera. Mi padre y el tío Victor querían celebrar una cena de adultos. Es raro que estemos todos a la vez.

De pronto, el tío de Larkin se percató de su presencia. Golpeó la copa con una cuchara y los recibió diciendo:

–Ya era hora de que llegarais. Esto y muerto de hambre.

La gente empezó a reír y, en unos segundos, todo el mundo empezó a abrazar y a besar a Larkin. Él miró a Winnie un instante y vio que se había echado a un lado para observarlo con una sonrisa. Sus miradas se encontraron. Él hizo un gesto para indicarle que le gustaría que estuviera a su lado, pero Winnie esperó a que todo el mundo se hubiera sentado.

Larkin permaneció de pie y rodeó a Winnie por los hombros.

–Me alegro de estar en casa –dijo sin más–. Esta es mi amiga Winnie Bellamy. Está teniendo algunos problemas con la prensa, así que voy a refugiarla aquí en la montaña un par de semanas. Le he dicho que no os importa, pero hacedme el favor de no abrumarla. Haré las presentaciones mientras comemos.

Todo el mundo saludó a Winnie. Larkin separó una silla para que se sentara y ocupó su sitio. Al instante, todos estaban mirándolos.

Él suspiró y dijo en voz baja:

–Será mejor que te los presente ahora. Si no, no comeremos nunca.

Winnie asintió.

Antes de que Larkin pudiera comenzar, Victor Wolff se puso en pie y levantó una copa.

–Me gustaría hacer un brindis.

Todo el mundo levantó la copa, incluida Winnie. Larkin escuchó lo que su tío iba a decir.

Victor seguía siendo un hombre franco y autoritario, aunque había mejorado con los años. El padre de Larkin y su tío se habían casado cuando tenían unos cuarenta años, con mujeres mucho más jóvenes. Ya empezaban a parecer hombres de la tercera edad.

–Esta familia ya ha pasado su época de tristeza. Nunca imaginé que cuando crecierais seríais capaces de elegir unas parejas tan estupendas. Sin embargo, creo que a estas alturas debería tener más de dos nietos... –miró a Jacob fijamente–. Aun así, estoy muy orgulloso de todos vosotros. ¡Por los Wolff!

–¡Por los Wolff! –repitieron todos, y Larkin sintió un nudo de emoción en la garganta. Habían recorrido un duro camino, pero por fin tenía la satisfacción de ver que su hermana y su hermano eran felices.

Larkin se disponía a decirle algo a Winnie, pero Victor no había terminado.

–Estamos encantados de que Larkin haya traído a una amiga. Puesto que soy uno de los anfitriones, Winnie, espero que permitas que te presente a todo este grupo.

Winnie asintió y sonrió con timidez.

–Se lo agradezco.

–Victor puso la mano en el hombro del hombre que tenía a su derecha.

–Este chico es Gareth, mi hijo mayor. A su lado está Grace, su esposa. La única mujer que ha tenido la temeridad de retar a este ermitaño –todos se rieron, pero Victor continuó–. Tienen un bebé encantador que conocerás mañana. Después está Kieran, mi hijo menor; y Olivia, su esposa. Kieran era un trotamundos, pero decidió que se estaba mejor aquí en la montaña. Cammie, su hija, está en la escuela elemental. Y por último, está Jacob, mi hijo mediano. Supongo que no necesitas que te presente a su esposa.

–Oh, no... para nada. Señora Dane, soy una gran admiradora suya.

La cuñada de Larkin era una actriz famosa. Allí, en Wolff Mountain, la llamaban simplemente Ariel. Y aunque pertenecía a la familia Wolff desde hacía un tiempo, seguía manteniendo su apellido.

Larkin se puso tenso, esperando a que su padre se pusiera en pie. Vincent Wolff parecía mucho más delicado que unos meses atrás. Para su sorpresa, Victor continuó como maestro de ceremonias.

–Con el permiso de mi hermano, terminaré con las presentaciones. Su hijo mayor es Devlyn, y está sentado a su izquierda, junto a Gillian, quien, de un modo u otro, lleva mucho tiempo formando parte de esta familia. Devlyn dirige Wolff Enterprises desde nuestras oficinas en Atlanta. Al lado de Gillian está Sam Ely, también un amigo de la familia desde hace mucho tiempo. Sam ha tenido el valor de cortejar a la bella Annalise. Hace unos meses han traído al mundo al miembro más joven de la familia Wolff. Y creo que eso es todo.

Annalise miró a su hermano y después a Winnie.

–¿Winnie Bellamy? ¿La heredera?

Winnie se sentía como un animal del zoo. Sobre todo, cuando Annalise preguntó lo que todos los demás estaban pensando.

–Esa soy yo –dijo Winnie, deseando tener tanta seguridad como mostraba Annalise.

–¿Y cómo os conocisteis?

–Annalise… –el tono de voz de Larkin no detuvo a su hermana.

–Solo es una pregunta.

–Está bien –dijo Winnie–. Larkin ha realizado unos trabajos de protección para mí. Ha sido muy amable al ofrecerme un lugar para esconderme. Eso es todo.

De pronto, notó que Larkin le agarraba la mano bajo la mesa.

–Basta de interrogatorios –dijo él–. Le he prometido a Winnie que erais bastante civilizados. No demostréis lo contrario.

Su hermana se inclinó y lo besó en la mejilla.

–Lo que tú digas, hermano. Estamos encantados de que hayas venido a visitarnos tan pronto.

–Tenía algunos días de vacaciones.

–¡Pero si ni siquiera sabes cómo se escribe esa palabra! –murmuró Annalise.

En esos momentos, Victor tocó una campana y varios camareros entraron en el comedor para servir la comida. Parecía un restaurante elegante. Winnie comió en silencio, observando la relación que había entre los miembros de la familia Wolff.

Los seis miembros de la generación más joven bromeaban entre ellos continuamente. Los cónyuges intervenían de vez en cuando. El respecto y el afecto que había entre Victor y sus hijos eran palpables. Un lazo familiar que parecía inquebrantable.

Sin embargo, el padre de Larkin parecía un poco distante, aunque intercambiaba algunos comentarios cordiales con sus hijos. Lo que era evidente era que Devlyn, Annalise y Larkin estaban muy unidos. Pero algo era diferente en ese lado de la mesa.

La comida fue agradable, pero no relajante. Winnie era consciente de que estaba en continua observación y se alegró cuando la gente empezó a marcharse a las nueve.

Cuando el comedor se vació, Winnie miró a Larkin de reojo.

–Bueno, ¿has sobrevivido? –le preguntó él.

–Tu familia es encantadora, pero abrumadora. Como hija única que soy, me da envidia que tengáis tan buena relación. Sé que habéis lidiado con una gran tragedia pero, en cierta manera, me da la sensación de que el hecho de haber crecido aislados os ha unido de una manera que no habríais conseguido de otro modo.

–Eso es cierto –dijo él, con una pizca de tristeza en la mirada.

–¿Tu padre está bien?

–Haciéndose mayor, pero sí.

–¿Os lleváis bien? Devlyn, Annalise y tú os ponéis tensos cuando habláis con él –al ver que Larkin la miró sorprendido, supo que se había excedido–. Lo siento. No es asunto mío.

–No estoy seguro de que hayamos llegado al punto de intercambiar secretos como ese ¿tú qué crees?

Winnie comprendió enseguida lo que quería decir. Cuando él había insistido en que le contara por qué había abierto un refugio para mujeres maltratadas, ella se negó.

–Me parece justo.

Él le acarició la mejilla.

–Estoy dispuesto a contestar a tus preguntas.

–¿Pero siempre y cuando yo también responda a las tuyas?

Él asintió.

–Puedes confiar en mí para guardar secretos, Winnie. Los Wolff somos muy buenos para eso... Demasiado buenos, a veces.

–Apenas te conozco.

–No tengo esa sensación –dijo Larkin. Le acarició el cabello con mano temblorosa. Nada podía aplacar el dolor que sentía cuando estaba a su lado. Ni siquiera la presencia de su familia.

Al instante, observó que Winnie tenía los pezones erectos bajo la tela del vestido.

Al sentir una erección, respiró hondo. Abrazó a Winnie y le susurró al oído.

–No me gusta cuando estás callada. Necesito saber qué estás pensando.

–Estoy pensando que sabes mucho de mujeres.

Él se rio.

–No sé nada de ti, Winnie, casta mujer. Aparte de que tienes un corazón tan grande como Texas y que eres muy cabezota.

–¡Mira quién habla! Y no soy casta.

–Puede que sea cabezota, pero reconozco la inocencia cuando la veo. Te creo. Pero la castidad consiste en algo más. ¿Alguna vez has estado con un hombre? –apoyó la barbilla en su cabeza y le acarició el cabello.

Ella se estremeció. Él lo notó y tragó saliva. Alguien había herido a aquella mujer, valiente y delicada a la vez. Estaba seguro de ello.

–Retiro mi pregunta, Winnie. Me lo contarás cuando estés preparada. Por ahora, necesito esto.

Ella lo miró.

Él agachó la cabeza despacio y la besó en la frente y después en la nariz. Se saltó su boca y fue directamente a mordisquearle el cuello, hasta que ella comenzó a jadear.

–Estamos en el comedor –dijo ella–. Podría entrar alguien.

Larkin deseaba sentir las manos de Winnie sobre su piel desnuda. Estaba perdiendo el control. Y Winnie tenía razón, aquel no era el lugar ni el momento.

–Winnie, ¿estás dispuesta a subir a mi habitación? ¿Ahora?

Ella se quedó paralizada.

–Te deseo, Larkin. Más de lo que crees, pero he de estar segura de que no me arrepentiré. Me provocas algo que no puedo comprender.

Fue su voz entrecortada lo que le hizo volver a la realidad. Winnie era una mujer valiente dispuesta a enfrentarse a todo lo que la vida le pusiera por delante, sin embargo, era tan vulnerable que él debía protegerla. Incluso de sí mismo.

La soltó y dio un paso atrás. Lo que más deseaba en el mundo era introducir su miembro en su cuerpo. Ver su rostro cuando llegara al orgasmo. Anhelaba la sensación de que sus cuerpos estuvieran unidos como si fueran uno.

–No voy a intentar seducirte si no te encuentras cómoda, pero quizá te ayudaría hablar del tema.

Capítulo Seis

Durante un instante Larkin pensó que lo había conseguido. Sin embargo, Winnie parecía tan acostumbrada a guardar silencio que haría falta mucho más que una promesa de confidencialidad para romper las barreras que había erigido.

–¿Te apetece dar un paseo? –propuso él.

–¿En la oscuridad?

–Conozco muy bien esta montaña. No te perderás. Ponte una chaqueta y unos buenos zapatos.

–Me encantaría.

Acompañó a Winnie a su habitación y regresó a buscarla quince minutos más tarde. Salir de la casa era su último recurso para evitar hacer lo que no debía.

Winnie se había puesto una sudadera, unos pantalones vaqueros, y unas botas de montaña.

Bajaron por la escalera y se dirigieron a la puerta. Cuando la vio sonreír, se entusiasmó con la idea de compartir con ella el entorno donde se había criado.

–Mañana te enseñaré los alrededores de la casa. Ahora quiero que conozcas la montaña.

La noche era oscura. Él llevaba una linterna.

Avanzaron en silencio y cuanto más caminaban, más recuerdos invadían la memoria de Larkin. Él era muy pequeño cuando su familia se mudó allí, pero aquellos días los tenía grabados en la memoria. Devlyn, Annalise y él estaban traumatizados por la muerte de su madre.

Y al mismo tiempo sentía un alivio tan intenso que los atormentaba con un sentimiento de culpabilidad.

–Me toca a mí –dijo Winnie–. ¿Qué estás pensando?

Larkin nunca hablaba del pasado, ni siquiera con sus hermanos. Los tres habían pactado que intentarían olvidar aquellos años de sufrimiento. Sin embargo, quizá la única manera de que Winnie llegara a confiar en él era si le contaba la verdad.

No obstante, no estaba seguro de si sería capaz.

–Estaba pensando en la noche tan bonita que hace.

Winnie no dijo nada, consciente de que estaba mintiendo.

De pronto, él se detuvo y se volvió hacia ella.

–Quizá deberíamos guardar nuestros secretos para nosotros. Ya te he dicho que no mantengo relaciones serias. Y si somos dos barcos que se cruzan en la noche, quizá deberíamos disfrutar el uno del otro sin llevar nuestro equipaje.

Ella lo miró.

–Eso suena muy frío.

–Confía en mí, Winnie. No soy nada frío –dijo él, y la besó.

Ella reaccionó de manera inmediata. Y él se

percató de que abrazar a Winnie se había convertido en una adicción.

Mientras ella lo besaba también, él supo que su tiempo había acabado. No podía poseerla allí, en el suelo frío. Jadeando, se separó de ella. Tenía que mantenerse a distancia si quería respetar sus deseos y no presionarla para que hiciera algo que no quería.

–Vamos. Tengo que mostrarte una cosa.

Winnie lo siguió con el corazón acelerado. Echaba de menos el contacto con él. Cada vez que Larkin la besaba, se sentía viva. Como si el mundo se llenara de maravillosas posibilidades. Pero lo que Larkin le ofrecía era una relación corta y puramente física. Y Winnie deseaba que se enamorara de ella, que le dijera que la quería en su vida para siempre. No tenía a nadie en su vida. Pero Larkin no iba a ser ese hombre. Entonces, ¿para qué se planteaba tener una relación de amantes, si lo que necesitaba era un hombre para siempre?

Después de caminar durante un rato, Larkin comenzó a subir una colina por un camino apenas visible. Winnie se tropezó con una raíz y se quejó.

–¿Te has hecho daño?

–No, pero un poco de ayuda no me vendría mal.

Él le dio la mano.

–Ya casi hemos llegado.

Ella entrelazó los dedos con los de él y lo siguió

de cerca. Al cabo de unos minutos él se detuvo y tiró de ella para que se colocara a su lado.

–Cuidado –le dijo.

A sus pies, el mundo desaparecía. Winnie sintió un poco de vértigo y respiró hondo, recordándose que Larkin nunca permitiría que se hiciera daño. Desde allí no se veía nada más que un valle oscuro salpicado por unas pocas luces. Winnie agarró la mano de Larkin con más fuerza.

–Se me revuelve el estómago –susurró.

–¿Al agarrarme la mano?

Ella sonrió y apoyó la cabeza en su hombro.

–Claro –dijo ella–. Eso es.

Él la besó en la cabeza y la abrazó por detrás.

–De pequeños nos encantaba venir aquí. Devlyn incluso pensó en hacer rápel en alguna ocasión. Afortunadamente, conseguimos convencerlo para que no lo hiciera.

–¿No eras un temerario? –le encantaba la sensación de seguridad que experimentaba entre sus brazos. Anhelaba tener a alguien con quien compartir sus problemas y, en parte, ese era el motivo por el que no estaba segura de querer hacer el amor con él. Larkin solo estaría temporalmente en su vida. Sería un amante estupendo, estaba segura. Sin embargo, ¿el sexo no le parecería algo vacío sin tener nada más profundo con él?

Larkin se rio y contestó:

–En ocasiones podía ser salvaje, pero, por algún motivo, siempre intentaba controlar a mi hermano y proteger a mi hermana.

–Debía de ser agotador.

–No te lo imaginas. Ahora que están felizmente casados, me siento libre por primera vez en la vida. Les he pasado el testigo a Gillian y Sam.

Aunque su tono de voz era relajado, Winnie supo que estaba diciendo la verdad. Y eso explicaba muchas cosas. Larkin no necesitaba más complicaciones en su vida. Su negocio era floreciente, pero su vida personal era como un velero en un mar calmado. Sin viento. Sin olas. Sin peligros.

Y le gustaba que fuera así.

Winnie había elegido un camino que siempre implicaría cierto sacrificio personal. Y no podía imaginar dejar de lado a las cientos de mujeres y niños que habían buscado refugio con ella. Además, pensaba construir otra casa para acoger a más personas necesitadas.

Esos proyectos no le dejaban tiempo para las relaciones amorosas. Y no era justo pedirle a un hombre que se sumara a un viaje tan complicado que ni siquiera había elegido. Larkin había vivido una vida que comenzó llena de tragedias. Y había sobrevivido para convertirse en un hombre honesto. Merecía un futuro tranquilo y lleno de felicidad.

Winnie también merecía esas cosas. Ella también había superado grandes retos durante su infancia, y se había convertido en una mujer empática.

Vivir como una monja había sido una elección consciente. Sin embargo, la presencia de Larkin hacía que se diera cuenta de lo que se estaba perdiendo. No estaba segura de si tendría suficientes nociones eróticas como para satisfacer a Larkin Wolff, pero él la deseaba y era posible que nunca volviera a tener la oportunidad de disfrutar de una noche de pasión.

Y si la tenía, no sería con Larkin. En el caso de que otro hombre atractivo y carismático se cruzara en su camino, estaba segura de que la tentación no sería la misma. Larkin había provocado algo en su interior. Algo que nunca había experimentado. Larkin la deseaba.

Después de un largo silencio, ella comentó:

–Gracias por traerme aquí. Es impresionante.

–Mucha gente dice que esta vista los hacen sentir pequeños o insignificantes.

–A mí no. Creo que este sitio me recuerda que mi lucecita, aunque esté en el valle o en el cielo, es importante para alguien. En algún sitio, puedo contribuir a que las cosas sean diferentes. Y para mí es importante.

–Lo que hace que el hecho de que yo no quiera responsabilidades parezca egoísta y trivial.

Ella le acarició la mano.

–Para nada. Has montado una empresa para ayudar a la gente en cosas importantes. Y formas parte de una familia unida y encantadora. Pero has elegido proteger tu corazón. Eso no tiene nada de malo, teniendo en cuenta tu pasado.

–Me sorprende que nadie se haya aprovechado de tu optimismo. ¿Nunca ves algo malo en otras personas?

Winnie sintió un nudo en el pecho.

–Sí, a veces.

Sin avisar, le introdujo una mano bajo la sudadera y le acarició un pecho. Al ver que se sorprendía, ella supo que no esperaba encontrarse con su piel desnuda. Sin embargo, cuando decidió no ponerse sujetador, no pensaba en que acabarían tonteando en el bosque.

Larkin jugueteó con su pezón y ella se estremeció.

–Eres muy suave –dijo él, y metió la otra mano para acariciarle ambos pechos a la vez.

Se acercó más a ella y presionó su pelvis contra el trasero de Winnie. Ella notó que le flaqueaban las piernas y que era incapaz de pronunciar palabra.

Tenía la sudadera subida hasta los hombros y Larkin empezaba a desabrocharle los pantalones. Al sentir el frío de la noche, se estremeció.

Larkin le mordisqueó el cuello.

–Quiero hacerte el amor, Winnie. Por favor. Si me pides que espere, lo haré, pero igual moriré.

Le metió la mano en el pantalón y la acarició por encima de la ropa interior.

–Sí –dijo ella–. Yo también te deseo... Esta misma noche.

Debido al intenso deseo que se había apoderado de él, Larkin apenas pudo procesar las palabras de Winnie. Ella era el tipo de mujer que necesitaba que la cortejaran y la apreciaran, pero en aquellos momentos él no estaba para decir cosas bonitas y tuvo que contenerse para no tumbarla en el suelo y poseerla hasta la saciedad.

–¿Qué has dicho?

Winnie se volvió entre sus brazos para mirarlo. El roce de sus senos contra su torso y la fragancia que desprendía su cuerpo lo hicieron enloquecer. Ella echó la cabeza atrás.

–He dicho que te deseo, Larkin. Nunca imaginé que se podía sentir esto por alguien. Mi cerebro dice que esto es un error, pero no me importa. Llévame a la cama y demuéstrame lo apasionante que puede ser.

Larkin apenas se enteró del trayecto de regreso hasta la casa. Avanzaron deprisa por el bosque.

Una vez frente a la puerta del dormitorio de Winnie, Larkin se aseguró de que nadie los estuviera mirando. Al ver que el pasillo estaba vacío, abrió la puerta y entraron.

La habitación estaba en penumbra y ella había bajado las colgaduras de tres lados de la cama, dejando abierta únicamente la que daba a la luz.

Winnie llevaba lencería fina, producto de su buen gusto. Su piel blanca brillaba bajo la luz suave, pero la mirada de sus ojos era oscura e indicaba incertidumbre. Él no podía disimular que su miembro estaba más que preparado para el sexo.

–Estás preciosa, Winnie. Impresionante.

–Tú también –dijo ella, y se mordió el labio inferior.

Él se quitó la ropa y ella levantó una mano.

–Para.

–¿Qué pasa, Winnie? ¿Ocurre algo?

Ella respiraba de forma acelerada y miraba fijamente su miembro erecto.

–Larkin, tengo miedo de no saber cómo complacerte.

–Deja que yo me ocupe de eso, amor mío. Suéltate el cabello, Winnie.

Ella comenzó a quitarse las horquillas. La tumbó de espalda y le colocó una mano en el vientre mientras se tumbaba sobre ella. La tela humedecida no supuso una barrera para poder explorar su cuerpo. La acarició por todos sitios y, al oír que jadeaba, se le aceleró la respiración.

Cuando le acarició la entrepierna, ella se puso tensa y cerró los ojos.

–Relájate, Winnie –dijo él–. No haré nada que no te guste.

Winnie gimió y arqueó las caderas.

Larkin estaba alcanzando el punto de no retorno. Pero había una cosa que quería saber.

–¿Winnie?

–¿Hmm? –se humedeció los labios.

–¿Cuántas veces has hecho esto?

–Una –lo miró–. ¿Satisfecho?

–¿Hace cuánto tiempo?

Ella se dio la vuelta y se tumbó sobre el vientre, ocultando su rostro entre los brazos.

–Hace nueve o diez años... Más o menos.

Larkin se contuvo para no blasfemar. No quería

que ella se hiciese una idea equivocada. Su inocencia era un tesoro que debía abrirse despacio. Aunque su impulso era poseerla una y otra vez, cuando ella le confirmó que no tenía experiencia supo que tendría que hacerlo todo con mucha delicadeza.

La pasión desenfrenada podía esperar. Al menos le debía una noche romántica, con cortejo y seducción.

–Gracias por decírmelo. No quiero hacer nada que te haga sentir incómoda.

Ella se dio la vuelta. Tenía lágrimas en los ojos.

Se medio tumbó sobre ella y la besó.

Ella le rodeó el cuello con los brazos. Al cabo de unos momentos, se relajó y lo besó también, acariciándolo con la lengua con timidez. Él acercó la pelvis a su cadera para que ella pudiera notar su deseo. El beso se alargó. Cuando él le mordisqueó el labio inferior, ella se quejó y entrelazó una pierna con la de él.

Larkin se deslizó hacia abajo en la cama para separarle las piernas. Winnie agarró la sábana pero no protestó. Larkin colocó la boca en las braguitas y humedeció la prenda con la lengua. Winnie respondió con un gemido. Él presionó con la lengua, hasta que la tela quedó pegada a su sexo. Después, introdujo un dedo bajo la fina tira de tela y encontró a Winnie húmeda y preparada.

Concentrándose en complacerla, ignoró las demandas de su miembro erecto. Nada tenía prioridad sobre Winnie.

Despacio, le retiró la bragas para observar su vello rubio y rizado. Winnie arqueó la espalda y él la observó con atención para ver cómo reaccionaba al introducir dos dedos en su cuerpo. Ella gimoteó y él continuó acariciándola.

No podía esperar para poseerla. Empleó el dedo pulgar para acariciarle el clítoris. Al instante, Winnie alcanzó el clímax y se retorció en la cama mientras pronunciaba su nombre.

Al cabo de un momento, Larkin regresó a su lado y la abrazó. Estaba completamente relajada.

Aunque él también necesitaba aliviarse, saboreó ese momento de calma. Nunca había sentido ese intenso deseo de dar y no recibir.

Ella se incorporó para sentarse y se apartó el cabello de la cara.

–Quiero hacerte sentir bien. Igual que has hecho tú conmigo. Me preocupa que pienses que soy torpe o idiota.

–Hagas lo que hagas, hará que me sienta bien. Cualquier cosa –colocó las manos bajo la nuca para demostrarle que podía empezar.

–Quiero hacerte lo que tú me has hecho a mí.

No estaba seguro de estar preparado para lo que le esperaba. Había experimentado la excitación sexual en muchas ocasiones pero lo que sentía en aquellos momentos era algo completamente diferente.

–Tranquilo, Larkin. Puedes confiar en mí.

Las mismas palabras que él le había dicho a ella en más de una ocasión. Él respiró hondo, y fue incapaz de contener un gemido cuando ella le agarró los testículos y se los acarició.

Ella evitó su miembro y le acarició las piernas. Le masajeó los pies, separándole los dedos y besándoselos uno a uno.

Por fin, ella abandonó sus extremidades inferiores y se movió hasta la parte superior de la cama. Inclinándose sobre él, le acarició el cuerpo desde los hombros hasta la cintura.

–Eres muy fuerte –susurró.

Él notó que los senos de Winnie colgaban sobre su rostro. Cuando ella se inclinó una pizca, él capturó uno de sus pezones con los labios y succionó con fuerza, provocando que ella gimiera.

–El otro –le ordenó.

Sin protestar, ella obedeció. Le acarició la areola con la lengua. Deseaba más, pero había hecho una promesa y la mantendría todo el tiempo que pudiera.

La agonía de su deseo había superado su autocontrol. Estaba a punto de gritar que no podía más cuando sintió el roce de los labios de Winnie en la piel y ella introdujo el miembro en su boca.

–Maldita sea, maldita sea... –él le sujetó la cabeza, agarrándose a su pelo mientras estallaba.

Winnie continuó succionando su miembro con delicadeza, incluso mientras alcanzaba el orgasmo, dejándolo agotado y débil.

Ella cerró el puño sobre su miembro flácido, devolviéndole la fuerza en un instante. El resopló, completamente fuera de control.

Comenzó a acariciarlo rítmicamente hasta que le provocó otra erección.

El orgasmo anterior solo le había servido para calmar una pizca su deseo. Winnie retiró con el dedo una gota de líquido de la punta de su miembro y supo que él estaba preparado. Después se echó para atrás y se puso en cuclillas.

–Está bien –le dijo–. Ya puedes hacerlo.

–¿El qué? –en su estado no era capaz de interpretar sus palabras.

–Ya sabes… Hacer el amor conmigo –incluso en la oscuridad él notó que ella se avergonzaba al decirlo.

–Oh, no, cariño –se rio él–. Hasta el momento lo has hecho muy bien. Colócate encima de mí y toma lo que deseas.

Winnie apenas se reconocía a sí misma. Larkin era un hombre grande y estaba ardiente de deseo. Ella no estaba preparada para hacer acrobacias sexuales con él.

–¿Dónde están los preservativos? –preguntó ella, orgullosa de que no le temblara la voz.

–En la mesilla de noche.

Ella agarró un preservativo y se lo dejó a Larkin.

–Ocúpate tú de esto. Después, coloca las manos detrás de la cabeza otra vez.

Larkin no dijo nada pero abrió el preservativo y se lo colocó. En la oscuridad, ella se sonrojó.

Al cabo de unos instantes, Winnie se colocó sobre su pecho.

Ella se deslizó hacia abajó y notó el miembro erecto de Larkin contra su trasero. Anhelaba tanto sentirlo en su interior que, sin pensarlo, se puso de rodillas, agarró el miembro de Larkin y lo colocó junto a la abertura de su cuerpo.

Larkin permaneció quieto y en silencio. Despacio, ella es deslizó sobre él, llenando su vacío con el poderío de Larkin. Sintió una pequeña molestia, pero no dolor. Él tenía una gran erección, pero, de algún modo, sus cuerpos encajaban a la perfección.

Se inclinó hacia delante y lo besó en la boca de forma apasionada. Sin que ella se percatara, él había sacado las manos de detrás de la nuca y comenzó a acariciarle el cabello.

–Es maravilloso.

En esa postura se sentía de bien, con él rodeándola por la cintura con sus fuertes brazos.

Ella contuvo la respiración al sentir que él arqueaba las caderas para penetrarla de manera más profunda.

Él se incorporó sobre un brazo y comenzó a acariciarle los pechos, pellizcándole los pezones hasta que ella gimió. El sonido de su propio placer la sobresaltó. Estaba perdida. Larkin no iba a quedarse a su lado, pero después de aquella noche, ¿cómo podría dejarlo marchar?

–No puedo soportarlo, Larkin. Haz algo. Di algo. Por favor. Te deseo con locura.

De pronto, embistió con fuerza y comenzó a moverse rítmicamente. Winnie sintió una intensidad aterradora en el lugar donde sus cuerpos se encontraban. Había llegado al orgasmo antes, pero eso era diferente. El proceso era más erótico, intenso, aterrador. Todo su interior clamaba más y más.

Notaba la piel de Larkin caliente y húmeda contra sus senos. Ella deseaba esperarlo, quería sentir el estallido de ambos a la vez. Pero su cuerpo la traicionó.

Clavándole las uñas en la espalda, gimió y sintió que perdía la noción de la realidad. Oyó que Larkin gemía en la distancia, mientras la acompañaba en aquella ola de máximo placer, tomando su cuerpo una y otra vez hasta que el mundo oscureció y el agotamiento se apoderó de ella.

Winnie estaba teniendo el mejor de sus sueños. Larkin Wolff estaba haciéndole el amor. Y con la mirada le decía que era la mujer más bella y deseable del mundo.

Entonces, el despertador comenzó a sonar. Y de pronto, se dio cuenta de que no estaba en su casa. Comenzó a recordar lo que había sucedido. Giró la cabeza. El otro lado de la cama estaba vacío.

Un sentimiento de humillación la hizo temblar, pero consiguió controlar la emoción negativa. Podía haber mil motivos por los que Larkin no se había quedado para darle los buenos días.

Se cubrió la boca con la mano y controló las náuseas. Las palabras del pasado retumbaron en su cabeza. «Eres una ingenua, Winifred. Ningún hombre querrá casarse contigo. Eres una patosa en la cama, la mayor parte del tiempo pareces un espantapájaros y no tienes ni una pizca de atractivo. No le importas a nadie. Hazte un favor, ve al convento más cercano y métete a monja, porque eres un desastre como mujer».

No era verdad. Sabía que no era verdad. Al menos, no todo. Le había costado varios años de terapia, pero se había recuperado del trauma de su primera experiencia sexual. Sin embargo, el hecho de que Larkin se hubiera marchado sin hablar con ella lo decía todo. No era estúpida. Le había dado placer, pero un hombre como Larkin podía encontrarlo con numerosas mujeres.

Sentía una fuerte presión en el pecho y le costaba respirar. Se vistió con un pantalón de lino color beis y un jersey de lana de color lila con cuello de pico. Se puso unos pendientes de perlas y una cadena de plata. Se miró en el espejo y, aunque los pechos se le marcaban más de lo que quería, tenía el aspecto de una mujer digna y tranquila.

Se recogió el cabello en un moño y se puso unos zapatos de tacón bajo. Después, se dirigió a desayunar.

Annalise estaba leyendo el periódico en la sala donde del desayuno con el bebé sobre las rodillas.

–Buenos días, señorita Bellamy –dijo al verla entrar.

–Llámame Winnie, por favor –dijo ella, y se sentó al otro lado de la mesa. Al instante, una mujer con uniforme le llevó una jarra de café humeante.

La sirvienta desapareció después de que Winnie le pidiera huevos con tostadas.

–Larkin ha salido temprano con los chicos. A los cinco les encanta andar por la montaña juntos. No sucede muy a menudo. Yo también suelo ir, pero estoy dando de mamar y no puedo dejar al bebé tanto tiempo.

–¿Cómo se llama?

–Phoenix. Sé que es un poco pretencioso, pero nuestra familia salió de las cenizas, así que queda bien.

–He leído sobre la tragedia. Yo también perdí a mi madre, pero era mucho mayor. Debió de ser horroroso.

–Yo era la más pequeña y apenas lo recuerdo. Supongo que podría decir que soy afortunada.

En ese momento, Sam Ely entró por la puerta.

–Me preguntaba dónde te habías metido –se sentó junto a su esposa.

Ella se inclinó para darle un beso y le pasó al bebé.

–Creía que los chicos te habrían invitado a ir con ellos.

–Sí, pero esperaba una llamada a las seis del proyecto de Londres y acabo de terminar.

–¿Londres? –Winnie había estado allí varias veces y conocía bien la ciudad.

–Vamos a ir allí tres meses. Estoy deseando.

La sirvienta le sirvió el desayuno a Winnie y le entregó un enorme plato de comida a Sam, sin preguntar. Al parecer, conocía bien sus preferencias.

–Me da rabia que pueda comer de ese modo y no ganar peso –dijo Annalise.

San sonrió.

–Engorda todo lo que quieras, cariño, así habrá más de ti para amar.

Winnie se percató de que Annalise sabía que la amaban con locura. Y sintió envidia. ¿Llegaría a tener algún día algo parecido a lo que tenía Annalise?

Annalise se limpió los labios con una servilleta y, apoyando los codos en la mesa, preguntó:

–Mi hermano nunca había traído a una mujer a casa para un fin de semana familiar. ¿Qué es lo que pasa?

–Annalise… –su marido habló con tono de advertencia.

–Bueno, quiero saberlo, ¡maldita sea!

Sam la miro y tapó las orejas del bebé.

–Lo siento, hace dos años dejé de blasfemar, pero todavía se me escapan.

Winnie sonrió.

–Bueno, yo…

–No tienes por qué contestar –dijo Sam.

–Está bien. No es un gran secreto –dijo Winnie–. Como os contó Larkin, he tenido problemas con la prensa. Él pensó que sería buena idea que me escondiera aquí hasta que la cosa se calmara.

–Es por lo del artículo de las mujeres más ricas de Estados Unidos, ¿verdad?

–Por desgracia, sí.

–Mi esposa está celosa porque a ella no la incluyeron en esa lista –dijo Sam–. Cuando nos casamos, metió gran parte de su fortuna en un fondo para nuestros hijos. Y se convirtió en una mujer mantenida. Me gusta tenerla descalza y embarazada.

–Eres un idiota –dijo Annalise riéndose, y le lanzó una fresa a su marido–. Pero la pregunta importante es ¿hay algo entre mi hermano y tú?

Winnie se quedó de piedra. No saber mentir tenía sus inconvenientes.

–Bueno, yo...

Capítulo Siete

No le gustó ver que su hermana la estaba interrogando. Aunque Winnie no parecía nerviosa ni disgustada. Sonreía, pero la expresión de su mirada era de cautela.

–Buenos días, Winnie. ¿Has dormido bien? –le preguntó mientras le tocaba el hombro y se sentaba a su lado.

Ella asintió y, por una vez, no se sonrojó.

–Muy bien, gracias. Estaba disfrutando del desayuno.

Sam se rio.

–Annalise ha estado agobiándola.

–Te aseguro que no –su esposa lo miró–. Al menos, ahora sé por qué está aquí.

–¿Se lo has contado? –Larkin miró a Winnie de reojo, sorprendido.

–Les he explicado que el artículo me ha dado muchos problemas y que tú me sugeriste que me quedara aquí unos días.

Ah. No había contado la historia entera, pero lo suficiente como para calmar a su hermana. Cuando la sirvienta entró en la habitación, Larkin señaló el plato de Sam.

–Tomaré lo mismo que él. Estoy hambriento.

–¿Cuánto habéis caminado esta mañana? –preguntó Winnie mientras se tomaba otro café.

–No tengo ni idea –contestó mientras le servían la comida–. Caminamos, escalamos rocas, atravesamos el bosque. Es más un ritual que un paseo. Wolff Mountain siempre ha sido nuestro lugar. Nos gusta recordarlo cuando regresamos a casa.

–Cuando tú regresas a casa, querrás decir. El resto vivimos aquí de forma permanente.

–Devlyn no.

–Pero Devlyn dirige la empresa desde Atlanta. Tiene una excusa. Tú no.

Sorprendentemente, Winnie salió en su defensa.

–La empresa de Larkin es muy respetada en Nashville. Gente que yo conozco habla muy bien de él. Su negocio no puede llevarse desde la distancia.

Larkin sintió que le ardía el cuello. Su hermana lo miraba con incredulidad. No solo había llevado a una mujer a Wolff Mountain, sino que además permitía que ella saliera en su defensa.

Él se aclaró la garganta y dejó el tenedor.

–Annalise trata de pincharme. Es lo que le gusta. El único motivo por el que tiene una casa aquí es porque está casada con un arquitecto que le consiente todo lo que quiere. La mayor parte del tiempo viven fuera de Charlottesville.

Winnie sonrió.

–Yo soy hija única, así que, estás discusiones entre hermanos son nuevas para mí. Seguid.

Sam se levantó con el bebé.

–Voy a darle un baño. Quédate a charlar si quieres, cariño.

Annalise se levantó también.

–No voy a quedarme donde no me quieren –se acercó a su hermano con una sonrisa y se agachó para darle un abrazo–. Sea cual sea el motivo, me alegro de que estés aquí, Larkin. Te echo de menos. Todos te echamos de menos.

Los tres se marcharon y, de pronto, la habitación quedó en silencio. Larkin continuó comiéndose su desayuno. Estaban rodeados por varias puertas y, en cualquier momento, podía entrar alguien más. No era el lugar para mantener una conversación privada.

–¿Qué te parece si te enseño la casa? –preguntó él. Su plan era quedarse a solas con ella y preguntarle qué diablos sucedía.

Ella se puso en pie.

–Más tarde, quizá. Tengo que llamar a casa y asegurarme de que todo está bien.

–Puedo ahorrarte un poco de tiempo –metió la mano en su bolsillo y sacó un pedazo de papel.

–¿Qué es esto?

–Es un enlace directo a la página donde mi equipo vuelca sus informes cuatro veces al día. Las mujeres que he asignado para vigilar el refugio también han incluido un pequeño informe sobre tus huéspedes y sus hijos –hizo una pausa–. La contraseña es FFLOW –al ver que se palidecía, se rio–. Es Wolff deletreado al revés.

–Pensé que te gustaría estar al tanto, y así no tendrías que preocuparte.

–Es todo un detalle por tu parte. Te lo agradezco –no parecía que ella hubiese estado toda la noche con él en la cama.

–Para eso me pagas –se puso en pie, enfadado y dispuesto a discutir. Pero Winnie no reaccionó ante su comentario sarcástico. ¿Qué diablos pasaba por su cabeza? Justo cuando creía que ya la conocía, se había vuelto mucho más distante.

Deseaba besarla. Y mucho. Estaba seguro de que el contacto físico lo ayudaría a superar ese extraño momento. No obstante, no quería hacerlo en público.

–Deja que te enseñe los alrededores.

Ella negó con la cabeza.

–Estoy muy cansada. Me gustaría ir un rato a mi habitación.

–Acabas de levantarte.

–Tu familia es encantadora pero abrumadora. Bajaré a comer, lo prometo.

Se marchó de la habitación dejándolo allí, con la boca abierta.

Llegó a su habitación antes de romper a llorar. Cerró la puerta, se tiró sobre la cama y gimoteó.

«Para eso me pagas». ¿Cómo podía haberlo olvidado? Larkin Wolff era su empleado.

Desde que sus padres murieron no había experimentado una sensación de pérdida como esa. Y no tenía sentido, porque Larkin no era suyo y, por tanto, no podía perderlo. Era un hombre amable y honesto, pero iba por libre. Él se lo había dicho. Y ella lo había creído. Pero la noche anterior, en su cama, su mundo se había puesto patas arriba. Al menos, tanta pasión y ternura tenían que derivar de un sentimiento de afecto.

Después de llorar quince minutos, decidió levantarse, lavarse la cara y crear un plan de acción.

Encendió el ordenador y entró en el enlace que Larkin le había dado. Ver lo bien que iban las cosas en casa, la animó.

El sonido del motor de un coche llamó su atención. Se acercó a mirar por la ventana. Gareth y Larkin se habían subido a un todoterreno y salían de la propiedad. Una mezcla de emociones la inundó por dentro. Alivio por no tener que verlo durante un tiempo. Y pena porque se hubiera ido.

Estuvo deshaciendo las maletas durante un rato y luego decidió ir a explorar la casa por su cuenta. Era enorme y Winnie tuvo que esforzarse para recordar dónde estaban algunos lugares, como la biblioteca y el solarium.

Cuando regresó a la planta baja, se disponía a seguir el aroma de la comida cuando Vincent Wolff salió de su despacho.

–Señorita Bellamy. Qué agradable sorpresa. ¿Tiene unos minutos para hablar?

Su tono de voz indicaba que no estaba haciéndole una pregunta.

–Por supuesto –contestó Winnie.

Vincent la acomodó en su despacho y cerró la puerta.

–¿Le apetece algo para beber?

–No, gracias.

El hombre se sirvió un poco de whisky y se sentó frente a ella.

–Larkin nunca ha traído a casa a una mujer. Usted debe de ser especial.

–Somos amigos.

Vincent Wolff se rio con incredulidad.

–Cuando él tenía unos veinte años tuve que hacer chantaje a tres chicas que iban tras su dinero. A veces, los jóvenes piensan con su sexo.

Winnie se sonrojó y se quedó sin habla.

–¡Madre mía! –dijo Vincent–. Si mi lenguaje vulgar provoca que se sonroje, tendré que vigilar mis palabras. Le pido disculpas.

–Gracias.

Vincent agarró una pipa vacía y mordisqueó la boquilla.

–Sé que tiene más dinero del que necesita.

–Así es.

–Entonces, es posible que esté enamorada de mi hijo.

–Larkin y yo acabamos de conocernos.

–No importa. Su madre y yo nos conocimos en Navidad y, para San Valentín, ya estábamos casados.

–En cualquier caso, Larkin y yo no mantenemos una relación.

–¿Se acuesta con él?

–Perdone, pero acaba de pasarse de la raya –estaba furiosa, así que se puso en pie y se dirigió a la puerta. Tenía la mano en el pomo cuando las palabras de Vincent la hicieron detenerse.

–Larkin es un hombre complicado. Usted parece una buena chica. Debería saberlo.

Winnie se volvió hacia él.

–Si Larkin quiere que sepa ciertas cosas, me las contará.

–Mujer prevenida vale por dos.

–Estoy aquí para una visita corta. Sé todo lo que tengo que saber sobre su hijo.

–Dudo que vaya a casarse con usted.

Winnie sintió que se le helaba el corazón. Vincent no intentaba causarle problemas. Parecía realmente preocupado.

Ella no respondió. Y parecía que sus pies estuvieran pegados al suelo.

–Los demás creen que porque ellos están felizmente casados, Larkin hará lo mismo. Pero se equivocan. Sus demonios lo mantienen aislado. Apenas lo vemos. No permita que le rompa el corazón, señorita Bellamy.

Winnie abrió la puerta y salió corriendo. La comida ya no tenía ningún atractivo. Se dirigió a su habitación, pero antes de llegar, Larkin apareció al doblar una esquina.

–¿Dónde has estado? –le preguntó.

Ella respiró hondo.

–Tu padre me ha pedido que entrara en su despacho para conocerme mejor.

–A ese hombre le gusta causar problemas. ¿Qué te ha dicho?

–Nada, Larkin. Le sorprende que me hayas traído aquí. Yo le he dicho que somos amigos.

–Después de lo de anoche, ¿puedes decir eso sin inmutarte?

–Anoche sentíamos curiosidad el uno por el otro y nos apuntamos un tanto.

Larkin la fulminó con la mirada.

–Ven conmigo.

Larkin la agarró de la muñeca y la metió en la biblioteca. Cerró la puerta con llave. Estaba tan excitado que podía haberla poseído sobre el escritorio.

Ella se quedó boquiabierta y con los ojos humedecidos por las lágrimas.

–Te di lo mejor que tenía. Y pareció que lo disfrutabas. Es todo lo que tengo. No soy buena en eso del sexo. No tengo aptitud ni un repertorio de trucos para mantener el interés de un hombre. Además, solo voy a estar unos días aquí y, después, cada uno continuará su camino. El sexo era insignificante.

–Tu discurso tiente tantas lagunas que no sé por dónde empezar.

–Entonces, no empieces. Sabes que tengo razón.

–Te aseguro que no –estaba gritando y no era lo que quería. Cerró los puños y bajó la voz–. No sé de dónde te has sacado la idea de que no eres buena para el sexo, pero es lo más estúpido que te he oído decir. Para hacerme feliz no hace falta que sepas treinta y una posturas, ni que practiques sexo tántrico... Eres inteligente, generosa, y estás muy motivada. Por no mencionar que cuando sonríes me flaquean las piernas.

–Eres muy amable.

–No trato de ser amable –gritó–. Estoy diciendo la verdad. Y el sexo no fue insignificante.

Llamaron a la puerta.

–¿Va todo bien ahí dentro? La comida estará dentro de diez minutos –la voz de Devlyn era inconfundible.

–Todo bien –contestó Larkin, aclarándose la garganta–. Ahora nos vemos.

Se oyeron pasos alejándose por el pasillo.

–No hemos terminado con esto –le dijo a Winnie. Sabía que no podría estar a solas con ella durante horas. Annalise había convocado a todos los que no tuvieran hijos para decorar la carpa que habían instalado en el jardín para la fiesta del día siguiente.

Winnie se encogió de hombros.

–Puede que tengamos que aceptar que no nos ponemos de acuerdo. Y ¿qué más da? No somos una pareja.

–Se puede disfrutar de una relación sexual sin firmar un contrato –insistió Larkin–. Y si disfrutamos acostándonos juntos, también está bien.

–Puede que para algunas personas, pero no

para nosotros. Trabajas para mí. Después de lo que hemos hecho, tu familia puede sospechar. Y si te soy sincera, después de haber conocido a tus primos, hermanos y respectivas parejas, me parece un poco sórdido.

–Somos amantes, Winnie.

–Fuimos amantes. Una vez. Ya no más.

Él la agarró y la besó con delicadeza cuando lo que en realidad deseaba era desnudarla y poseerla allí mismo.

–Una vez nunca será suficiente para mí, Winnie. Lo de anoche me gustó mucho, y no puedo dejar de pensar en ello.

Winnie trató de apartarlo.

–No quiero engancharme contigo, Larkin.

–No lo hagas. Utilízame sin más.

Ella se rio para liberar tensión.

–Eres capaz de decir cualquier cosa para conseguir lo que quieres –suspiró.

–Es una de mis mejores cualidades –le metió la mano bajo la blusa y comenzó a acariciarle la piel por encima de la cinturilla de su falda–. No tienes ni idea de lo que provocas en mí, ¿verdad?

–Tienes mucho deseo sexual. Y resulta que yo soy el pez más cercano a tu red.

–No me vale cualquier pez, Winnie. Y me enfadas cuando dices eso. No tienes ni idea de lo atractiva que eres –la besó, tratando de comunicarle sin palabras lo que sentía por ella.

Sus lenguas se encontraron, y cuando Winnie se acercó más a él, Larkin gimió.

Ella comenzó a desabrocharle el cinturón y él se preguntó si podría hacerle el amor allí mismo. Enseguida, desechó la idea. Quería demostrarle que ella era especial. Se separó una pizca y Winnie suspiró.

–Estoy confundida, y odio la manera en que eso me hace sentir. Wolff Castle es maravilloso, pero me gustaría estar en casa y en mi propia cama.

Él metió la mano bajo el sujetador y le acarició un pezón.

–Me has herido, Winnie.

Ella cerró los ojos y susurró su nombre.

–Larkin...

–Tenemos que irnos –murmuró él.

–Lo sé.

–Esta noche probaremos mi cama.

Larkin esperaba que ella protestara. Sin embargo, ella sonrió y negó con la cabeza.

En ese momento, Annalise llamó a la puerta.

–¡Vamos, vosotros dos! El tío Victor dice que no podemos comer hasta que estemos todos sentados, y estoy a punto de empezar a morder mi servilleta.

Larkin abrió la puerta y fulminó a su hermana con la mirada.

–Tus modales dejan mucho que desear.

Ella le pellizcó la mejilla.

–Si no querías que nos metiéramos en tus asuntos, no deberías haber venido.

Larkin vio que Winnie sonreía, pero se mantenía al margen.

Por fortuna, no estaban todos en la comida. La

familia de Gareth y la de Kieran comían en sus respectivas casas, pero regresarían por la tarde.

Mientras degustaban un plato de chili, Ariel, la esposa de Jacob, observó a Winnie en todo momento. Al final, su marido intervino.

–¿Tiene comida en la barbilla? ¿O es que vas a hacerle un retrato policial?

Todos se rieron menos Ariel.

–No pretendía ofender –dijo con una sonrisa–. Winnie, tienes una estructura facial extraordinaria. Quedarías muy bien ante una cámara.

–No sé a qué te refieres –dijo Winnie–. No es falsa modestia decir que soy completamente normal.

–Son tus ojos, y la forma de tu barbilla. Tu piel perfecta. ¿Alguna vez te han dicho que te pareces a Meryl Streep de joven?

–Yo lo pensé la primera vez que la vi –intervino Larkin.

–Estáis tratando de ser amables.

Ariel negó con la cabeza.

–Tienes un rostro muy expresivo cuando hablas. Y tú voz, con ese acento sureño...

Larkin decidió que tenía que salvar a Winnie antes de que se muriera de vergüenza.

–Ya basta, Ariel –se rio–. Winnie es demasiado tímida para ir a Hollywood.

–Pero...

Jacob le cubrió la boca a su esposa con la mano.

–Estoy seguro de que Winnie te agradece el cumplido. Ahora... ¿podemos cambiar de tema?

Ariel refunfuñó medio en broma y, enseguida, la conversación cambió a otro tema. Winnie permaneció en silencio. Larkin se inclinó y le susurró en la oreja:

–Si has terminado de comer, vámonos a dar otro paseo. Esta vez podrás verlo todo.

–Me parece bien –dijo ella.

Larkin los excusó y se marcharon. Mientras Winnie se cambiaba de ropa, él miró su correo. Todo iba bien en Nashville, pero tenía que regresar a la oficina el lunes. Se le estaba acumulando el trabajo y, aunque tenía unos empleados muy buenos, el jefe era el jefe. Por otro lado, la idea de marcharse de Wolff Mountain y separarse de Winnie hacía que se le encogiera el corazón. Así que tenía un problema.

La información que habían filtrado a los periódicos acerca de que la heredera Winifred Bellamy estaba de vacaciones en St. Barts, debía de haber hecho su función. El hombre encargado del caso de Winnie le había informado de que no habían visto a ningún paparazzi por la casa.

Winnie lo siguió en silencio, disfrutando de la paz y tranquilidad de aquel día primaveral. Aquel paréntesis en su vida tenía un final determinado. Cuando Larkin regresara a su casa, Winnie volvería a ser su cliente y nada más.

Lo observó caminar delante de ella, a paso ligero y con la musculatura de la espalda marcándose a través de la camiseta azul que hacía juego con sus ojos. Aunque fuera incomprensible, ella no tenía más elección que creerlo cuando le decía que la deseaba. No para siempre. Eso lo sabía. Aun así, le resultaba increíble la idea de que Larkin Wolff disfrutara haciendo el amor con ella.

Sin duda, era una mujer débil. Aquella mañana había estado completamente segura de que no iba a permitir que sucediera otra vez. Sin embargo, lo único que él tenía que hacer para seducirla era tocarla. No podía culpar a Larkin. Ella quería que la sedujera. Y eso era lo más curioso de todo.

Momentos más tarde, vieron una casa entre los árboles. Larkin señaló a la derecha, donde un enorme roble se alzaba hacia el cielo.

–Mi primo Kieran pasó gran parte de su carrera construyendo estas cosas por el mundo. Ahora que es padre de familia, todavía necesita sacar su creatividad por algún sitio. Así que Cammie tiene la mejor casa construida en un árbol del mundo. No le importará que le echemos un vistazo.

Subieron por una escalera estrecha y Winnie exclamó al ver la casa:

–Es increíble.

La casa tenía cuatro niveles, todos ellos conectados por pasarelas o escalerillas. Larkin la tomó de la mano y dijo:

–Vamos a subir a lo más alto. Cammie no puede subir allí sin su madre o su padre –la última escalerilla era muy vertical.

Winnie miró hacia un lado y sintió que le flaqueaban las piernas a causa del vértigo. El suelo quedaba muy lejos.

Larkin sonrió.

–Sospecho que, de vez en cuando, mi primo y su esposa utilizan este lugar para sus encuentros románticos pero, quién sabe –se apoyó en el tronco del árbol y sonrió al ver que Winnie se quitaba los zapatos y se sentaba–. ¿De pequeña tenías una casa en el árbol?

–No. Creo que mis padres no eran tan extravagantes.

–Qué lástima –él se quedó en silencio.

Ella vio que se le ensombrecía el rostro a causa de un recuerdo doloroso.

–He decidido que te debo una explicación acerca de mi padre.

–No. No es necesario.

–Me preguntaste por mi relación con mi padre. Es complicada. Ya te diste cuenta la primera noche. Devlyn, Annalise y yo respetamos a mi padre, y lo queremos, pero nuestra relación es tensa –se agarró con fuerza a la barandilla–. Antes de llegar a Wolff Mountain, nuestras familias vivían en Charlottesville. Eran dos casas enormes, una al lado de la otra. Mi padre y mi tío Victor tenían veinte años más que sus mujeres. Creo que las esposas eran amigas. Yo era demasiado joven para valorar eso, pero el día que desaparecieron, estaban de compras juntas.

–El secuestro –había leído casi todos los detalles, pero esperó a que Larkin se lo contara.

–A pesar de que mi tío y mi padre pagaron el rescate, mataron a ambas. Ahora, treinta años más tarde, creo que las autoridades llevaron el caso muy mal, pero el resultado es el mismo. Mi tía y mi madre están muertas. Y nunca capturaron a los asesinos.

–Entonces, todos vinisteis a la montaña.

–Al principio, no. Tardaron nueve meses en construir Wolff Castle. Nos traían y llevaban con vigilantes privados. Victor y Vincent querían que nos acostumbráramos a la idea de tener una casa nueva. Y estuvo bien, porque cuando vinimos aquí nos convertimos en prisioneros.

–Porque tenían miedo de que os sucediera lo mismo.

–Sí. El nivel de dolor colectivo era monumental. Es sorprendente que todos hayamos sobrevivido y que nos hayamos convertido en adultos normales. Mi padre y mi tío estuvieron un par de años muy aturdidos. Las niñeras y los tutores se ocupaban de nosotros.

–¿Y estás resentido porque tú padre no estuviera ahí para apoyaros?

Él esbozó una sonrisa.

–No intentes psicoanalizarme, Winnie. La realidad es mucho más oscura. Devlyn, Annalise y yo estábamos encantados de estar aquí en la montaña. Y nos sentíamos culpables por que era como si hubiéramos renacido. Nuestra madre era una alcohólica y le gustaba pegarnos... –tragó saliva.

–No tienes que contármelo –susurró ella.

Él se encogió de hombros.

–Fue hace mucho tiempo. Nuestra tía Laura era como una santa para nosotros. Cuando mi madre bebía, íbamos a su casa y ella intentaba mantenernos ocupados. Annalise era un bebé y yo ni siquiera estaba en preescolar. Devlyn era el que se llevaba la peor parte.

–¿Y tu tía no podía intervenir?

–No lo sé. Lo que sí sé es que yo fallé a mis hermanos, incluso de niño. Una noche, después de que mi madre se emborrachara, entré en el cuarto de Devlyn y lo encontré llorando bajo la manta, tratando de ponerse tiritas en los lugares donde ella le había quemado con un cigarrillo.

–Oh, cielos –Winnie sintió un nudo en el estómago.

–Intenté hablar con él, pero me echó. Nunca volvimos a hablar de ello. Mi trabajo era mantener a Annalise alejada de esas situaciones. Y de algún modo, funcionó.

–Entonces, ¿cómo le fallaste?

–Una niña pequeña necesita a su madre. Yo intentaba buscar los momentos en los que mi madre no había bebido. Le cepillaba el cabello a Annalise y la ayudaba a elegir un vestido bonito. Pensaba que si mi madre estaba serena querría jugar con su hija. Pero estaba demasiado absorta en sí misma como para darse cuenta. Y Annalise percibía ese rechazo. Dice que no recuerda mucho de aquellos años, pero sé que la marcaron. Tardo mucho tiempo, en poder confiar en alguien como para casarse.

–¿Y tu padre no hizo nada?

–Ése es el tema… Hace tiempo le dijo a Devlyn que no se había enterado de nada. Trabajaba mucho para ganarse la vida y casi nunca estaba en casa cuando estábamos despiertos. Le pidió disculpas a Devlyn. Y supongo que lo hemos perdonado. No obstante, el daño emocional que nos hicieron no puede borrarse de un plumazo. Nuestro padre es nuestro padre. Pero no sentimos mucho cariño por él.

–Lo siento –Winnie no sabía qué más decir. Deseaba llorar por el niño pequeño que Larkin había sido, pero no delante del hombre en que se había convertido.

Larkin miró a Winnie un instante. El top que llevaba resaltaba las curvas de su cuerpo, y sus pantalones eran lo bastante cortos como para volverlo loco. Llevaba el cabello recogido en una coleta, y alguno de sus mechones rubios le caía por el rostro.

Lo que sentía por ella era más que deseo.

–Quiero que sepas por qué todo esto de la responsabilidad supone un problema para mí. Solo desde hace un par de años, desde que veo a Devlyn y a Annalise felices, siento que me he quitado un peso de encima. Y me gusta la sensación. Ver sufrir a alguien que quieres es agotador. Intentar ayudar y no conseguirlo… No puedo pasar por ello otra vez. Y una relación duradera conlleva ese riesgo.

–No me debes ninguna explicación.

–Quizá no. Pero quiero que haya sinceridad entre nosotros.

–Lo agradezco.

Larkin se sentó a su lado.

–Hace un día demasiado bonito como para perderlo estando triste. Espero no habértelo arruinado.

–No me lo has arruinado, pero no puedo evitar sentir lástima por vosotros.

–Supongo.

Ella estaba más callada de lo normal.

–Mírame, Winnie –deseaba que lo besara, porque cuando eso sucedía, él se sentía invencible.

Ella le rodeó el cuello con un brazo.

–¿Estamos jugando a Tarzán y Jane?

–Me gusta la idea de verte con una piel de leopardo.

–Hombres. Sois tan simples…

–¿Tarzán no te parece sexy?

–Era un cazador recolector. A las mujeres les gusta que las mimen.

–¿Y sus abdominales?

–Mmm… No me apures… –olisqueó su nariz–. Me gusta esta casa en el árbol. Quizá no regrese a Nashville. A lo mejor me quedo aquí, donde nadie pueda encontrarme.

–No podrías olvidarte de tus mujeres.

–Es cierto. Me gusta que me necesiten. En realidad, lo hago por puro egoísmo.

Él se rio.

–Eso no se lo cree nadie, Winnie. Buen intento. Y volviendo a Tarzán…

–¿Sí? –estiró las piernas y apoyó la espalda en su pecho.

Él apoyó la mejilla contra la de ella.

–Has dicho que a las mujeres les gusta que las mimen. A mí me da la sensación de que eres tú la que más mima. ¿Quién se ocupa de ti?

–Mis padres me dejaron bien servida.

–No hablo de dinero, y lo sabes. ¿Tienes parientes?

–Ya te dije que mis padres me tuvieron ya mayores, así que perdí a mis cuatro abuelos cuando estaba en la escuela elemental.

–¿Y tienes tíos o tías?

–Mi madre y mi padre eran hijos únicos. Siempre sospeché que eso era lo que los unía. Incluso de adolescente, antes de que se mataran, no tenía la sensación de que su relación fuera muy apasionada. Eran como amigos y valoraban su relación laboral.

–¿Y tus amigos?

–Ya me dirás. ¿Tus mejores amigos no son tus primos y hermanos?

–Sí. ¿Y qué?

–Yo no tuve la suerte de tener hermanos. Y como tú, tenía tutores en casa. La universidad no fue una experiencia muy agradable para mí porque era demasiado tímida para sentirme bien con otros estudiantes. Siempre estaba sola. Hay mujeres con las que me siento bien y en quienes confío, pero es más una relación laboral que personal. No me importa cuidar de mí misma. Es una lección que aprendí muy pronto.

Larkin sintió un nudo en el estómago y experimentó la necesidad de ofrecerle a Winnie todo aquello que no tenía. La giró y, sujetándola por la coleta, la besó.

–Confía en mí, Winnie –le dijo mientras le desabrochaba el sujetador y se lo quitaba junto a la camiseta.

–Larkin, ¿qué estás haciendo?

–Tranquila –le dijo acariciándole los pechos–. Nadie puede vernos.

Winnie cerró los ojos y comenzó a jadear. Larkin agachó la cabeza para besarle un pezón. A la luz del día, era tremendamente atractiva.

–Ponte de pie, cariño.

Winnie lo miró y él le quitó los zapatos y los calcetines. También los pantalones y la ropa interior. Después, se quitó la camiseta, se desabrochó los pantalones y se bajó la ropa interior hasta la rodilla. Su miembro erecto quedó al descubierto.

Winnie lo miró asombrada. Él sacó un preservativo y se lo colocó.

–Ven aquí, Jane –dijo con una sonrisa.

–No hay sitio para tumbarse –dijo ella.

–No vamos a tumbarnos –la tomó en brazos para que entrelazara las piernas a la altura de sus caderas. Sus cuerpos encajaban a la perfección. La sujetó por el trasero, tratando de no perder el control.

–Cielos, Winnie. No puedo saciarme –comenzó a moverse rítmicamente–. ¿Te gusta?

Ella asintió.

Él inclinó la cabeza y ocultó el rostro contra sus senos, inhalando su aroma de mujer. Nunca se había sentido así, como si hubiese borrado su pasado y la vida consistiera únicamente en ese momento perfecto.

–Di algo –murmuró, preguntándose qué estaría pensando ella.

Ella se movió cambiando de ritmo y él no pudo evitar acercarse al final.

–Winnie...

–No puedo hablar... Termina... –le mordisqueó la oreja.

Larkin la sujetó con fuerza por la cintura y arqueó las caderas mientras alcanzaba el clímax, gimiendo en voz baja. Winnie también llegó al orgasmo. Él la oyó y notó cómo se relajaba. Después, lo único que pudo hacer fue dejarse caer sobre el sofá y tratar de recuperar la respiración.

Winnie tenía el trasero frío y le temblaban las piernas. Estaba tumbada encima de Larkin y notaba el latido de su corazón.

La euforia de aquella relación se desvaneció cuando recordó la dolorosa realidad. Se había enamorado de Larkin Wolff. Abrazarlo en privado era el placer más exquisito que había experimentado nunca. Todo él era admirable.

¿Cómo podría separarse de él? No tenía elección. No podía quedarse y luchar por la relación. Él le había dicho que le gustaba su vida tal y como era. Y si realmente le importaba, ella haría lo correcto y se marcharía. Sin arrepentirse. Un hombre que había sufrido tanto como Larkin merecía una época de tranquilidad.

Winnie se levantó despacio y comenzó a vestirse. Al cabo de un momento, él se puso en pie, se quitó el preservativo y se puso los pantalones. Tenía el torso bronceado y musculoso, dividido por una fina línea de vello que se ocultaba bajo el cinturón. Ella sabía que era muy suave, y dónde desembocaba.

Mientras se ponía los zapatos, lo miró.

–Hemos prometido que ayudaríamos a decorar. No quiero que tu hermana envíe a alguien a buscarnos.

–Tienes razón –dijo él, y se puso la camisa antes de besarla en la frente–. Está noche, serás mía.

Capítulo Ocho

Decorar la carpa para el cumpleaños de Sam era un evento familiar. Había globos y lazos por todos sitios, y fotos en blanco y negro de Sam en distintas épocas de su vida.

Devlyn Wolff se acercó a Winnie mientras ella estaba colocando unas rosas blancas en los floreros que servirían como centro de mesa. Par su sorpresa, él pretendía ayudarla.

–Ya lo hago yo –le dijo, pensando en que rompería las flores con sus manos grandes.

Él se apoyó en la mesa y colocó los pies sobre una silla.

–¿Sabes que mi hermano nunca había traído a una mujer a casa?

–Eso he oído.

–Debes haberle causado una gran impresión. Este es su lugar privado.

–Tu hermano es un hombre amable y generoso. Yo necesitaba un lugar para esconderme y decidió traerme aquí.

–En la universidad, pasó una época en la que solo salía con mujeres estupendas.

–Eso también lo he oído. Créeme, no haré nada para herir a tu hermano pequeño.

–Eres tú la que me preocupa, Winnie. No quiero verte sufrir.

–Todo el mundo me dice lo mismo, incluido Larkin. Está bien. Lo he captado. Solo nos estamos divirtiendo. Me ha contado cosas de vuestra infancia. Me ha dolido oírlas, y supongo que sabes que todavía están muy presentes en su memoria.

–Para Annalise y para mí también –dijo él, mirando al vacío–: Creo que nunca se puede olvidar algo así. Hemos crecido, y Annalise y yo hemos tenido la suerte de encontrar una pareja que nos quiere y nos acepta tal y como somos.

–Pero…

Él se encogió de hombros.

–Pero Larkin sufrió de una manera distinta a la mía. El trauma emocional puede ser igual o peor que el físico.

–Se ha creado una buena vida.

–Solo.

–Sí.

–Veo que eres consciente del peligro.

–Podría enamorarme de Larkin, y él podría marcharse.

–Exacto.

Winnie terminó con el último jarrón y comenzó a llenarlos de agua.

–Te agradezco tu preocupación, Devlyn. De veras. No obstante, no soy la mujer ingenua que aparento ser. Entiendo a Larkin mejor de lo que crees. Gracias por la advertencia, pero estoy bien.

Él se puso en pie.

–Ojalá pudiera ser más alentador. Encajarías bien aquí, en la montaña.

Winnie se volvió con las manos en las caderas.

–Siempre supe que mi relación con Larkin era pasajera. Creo que os envidia, pero no lo suficiente como para aceptar la carga del matrimonio.

–El matrimonio no es una carga.

–Puede que para ti no.

–Cuida de ti misma y cuida de él.

–¿Y si esas dos cosas son mutuamente excluyentes?

Devlyn le tiró de la coleta.

–Eres una mujer inteligente. Descúbrelo.

A la hora de la cena, Larkin parecía un gato encerrado. El día se había convertido en otra celebración. Después de decorar la carpa toda la familia se reunió en la casa principal para cenar. Winnie había perdido su timidez y disfrutaba de la reunión.

–Me encanta tu familia –dijo ella–. Eres muy afortunado.

–Les caes bien.

–Y ellos a mí. Me alegro de que me hayas traído a la montaña.

Él apoyó el brazo en el respaldo de la silla y le acarició la nuca.

–¿Llevas algo debajo de ese vestido?

–¿Por qué no lo descubres tú mismo?

Larkin se atragantó al oír su pregunta. Bebió un poco de vino, se limpió con la servilleta y subió un poco más la mano por el muslo de Winnie. Al instante, sufrió una erección. Continuó comiendo con la mano derecha, y movió la izquierda un poco más arriba. Winnie se sonrojó, pero no dijo nada. Al comprobar que llevaba ropa interior de encaje, sonrió y le susurró al oído:

–Lo sabía. Eres buena chica.

Victor Wolff, que estaba sentado en su puesto de la mesa, lo fulminó con la mirada.

–Ya basta, Larkin Wolff. Compórtate y deja de susurrarle tonterías a Winnie.

Larkin se enderezó de golpe y colocó ambas manos sobre la mesa.

Él se pasó la mano por la frente. No podía soportar más. Miró el reloj y vio que eran las ocho y media. Estaban sirviendo el postre.

Separó la silla y se puso en pie.

–¡Eh! ¡Eh! ¡Ruidosos! –gritó para llamar la atención del grupo.

Cuando todos lo miraron, se aclaró la garganta.

–Winnie y yo hemos disfrutado mucho estando con vosotros, pero le había prometido que daríamos un paseo a Wolff Point esta noche.

Winnie lo miró.

–Pero nosotros...

Él le dio una patada bajo la mesa.

–Si nos disculpáis, os diremos adiós y os veremos por la mañana.

Todos se despidieron de ellos haciendo bromas

y, cuando llegaron al pasillo, él respiraba de forma acelerada.

Winnie lo agarró del brazo.

–¿De qué va todo esto? Anoche me llevaste a Wolff Point. ¿Vamos a ir otra vez?

–No –contestó Larkin–. Voy a hacerte el amor –y treinta y seis horas después se marcharía de allí. Si tenía fuerza suficiente. Llevarla a la montaña había sido un error. Porque había descubierto cómo podía ser su vida. Si cedía ante la tentación, estaría comprometido. Para siempre. Y esa responsabilidad lo aterrorizaba. No podía amarla para fallarle después. Amarla y perderla. Prefería vivir su vida solo, aislado del dolor.

Conocía el amor y conocía lo que era perder a alguien querido. Su camino era mejor. Y su única elección.

Winnie lo siguió hasta su habitación. Cuando él cerró la puerta, y le acarició los brazos, notó que estaba temblando.

–Estabas equivocada –murmuró él.

–¿Sobre qué?

Larkin le desabrochó el vestido y se lo bajó hasta la cintura.

–Eres preciosa.

Inclinó la cabeza y le mordisqueó los pezones, provocando que a ella le flaquearan las piernas. La estrechó contra su cuerpo y la besó de forma salvaje.

Ella le acarició la mejilla, y cuando se separaron un instante, le preguntó:

–¿Sobre qué me he equivocado?

–Sobre el matrimonio. Sí es contagioso.

–Estás diciendo tonterías –dijo ella, impaciente por que terminara de quitarle el vestido.

Nada más dejarla en ropa interior, él la miró fijamente:

–Tenemos que hablar.

–¿De qué?

Larkin la devoraba con la mirada y ella no pudo evitar que se le humedeciera la entrepierna.

–Estoy confuso, pero todo se va aclarando poco a poco.

Nada de lo que decía tenía sentido, pero ella comprendía lo que él deseaba. Y la erección que tenía bajo el pantalón reforzaba su conclusión. Winnie comenzó a desvestirlo y él la ayudó con impaciencia.

–¿Confías en que siempre te digo la verdad, Winnie? –le preguntó.

–Sí –contestó ella.

Él la tomó en brazos y la llevó a la cama.

–No puedo esperar. Lo siento –la dejó sobre la colcha y se puso un preservativo.

Se colocó entre sus piernas y ella arqueó el cuerpo para que la poseyera. La sensación de conexión que había entre ambos hizo que se le cortara la respiración.

Moviendo las caderas con rapidez, la penetró una y otra vez. Ella deseaba saborear el momento.

Grabarlo en su memoria para recordarlo cuando él ya no formara parte de su vida diaria.

No tuvo mucho tiempo. Larkin había aprendido cómo complacerla y la llevó al límite. Ella le rodeó la cintura con las piernas para que la penetrara otra vez y, de pronto, sin avisar, el orgasmo se apoderó de ellos con la máxima intensidad.

Larkin estaba dormido. Y no era de extrañar. La segunda vez que hicieron el amor, él se movió en el interior de su cuerpo durante lo que parecían horas, acariciándola con las manos y los labios hasta hacerle perder la razón.

Después, ella había ido al baño y había vuelto a la cama para tumbarse a su lado. Él no se movió.

Winnie le acarició el brazo con suavidad y trató de analizar sus palabras: «El matrimonio es contagioso. Tenemos que hablar».

Cualquier otra mujer habría pensado que Larkin estaba a punto de hacerle una propuesta, pero ella era mucho más inteligente que eso. Miró el reloj y vio que era temprano. Ni siquiera era medianoche. No tenía sueño y no podía dejar de pensar.

Ella podría ser una buena esposa para Larkin Wolff. Siempre y cuando él quisiera una esposa. La idea en sí era tan peligrosa que decidió no pensar más en ello. Ella era feliz en muchos aspectos. Y no necesitaba un hombre para sentirse completa.

El teléfono comenzó a sonar, lo tomó y dijo:

–Diga...

Larkin despertó sobresaltado. Un sonido agudo lo había sacado de un sueño profundo. Medio dormido, miró a su alrededor y se percató de que estaba en la habitación de Winnie. Inmediatamente, supo lo que lo había despertado. Un llanto agudo que hizo que se le pusiera la piel de gallina.

Saltó de la cama y se agachó junto a Winnie. Ella estaba de rodillas en el suelo, abrazándose la cintura. Las lágrimas rodaban por sus mejillas.

–Cariño, ¿qué ocurre? –la abrazó y se sentó con las piernas cruzadas para tomarla en su regazo.

–El padre de Estaban ha matado a su madre y a su abuela –balbució entre lágrimas.

–¿Estás segura? Le prometí que su madre y él estarían a salvo. Que no debía tener miedo.

–No ha sido culpa tuya. Ella salió de la casa refugio. Él la mató primero, y después se suicidó –comenzó a llorar con fuerza.

Larkin la tomó en brazos y la dejó en la cama. Buscó una toalla en el baño y le mojó el rostro con delicadeza.

–¿Cómo salió de la casa?

–Las madres y sus hijos no son prisioneros. No somos nadie para decirles que no pueden salir. Se les aconseja una y otra vez que nunca queden a solas con su marido maltratador. Pero como siempre creen que un hombre puede cambiar, su hombre en particular, a veces hacen todo lo que ellos les piden.

–¿Y cómo la han encontrado? –preguntó con un gran sentimiento de culpabilidad.

Winnie se cubrió los ojos con el brazo.

–Él se escapó de la cárcel. Torturó a la abuela hasta que ella le dio el número de móvil. Después de asesinar a la abuela, llamó a la madre de Esteban. Le suplicó que lo perdonara. Y le dijo que tenían que hablar. Ella le dijo dónde podían quedar. Se marchó del refugio y caminó calle abajo. Llegó un coche, él se bajó y la disparó. Después se pegó un tiro en la boca. Había testigos –lo miró–. Tengo que irme a casa –salió de la cama y comenzó a vestirse–. Esteban está preguntando por mí.

Larkin se puso en pie.

–Iremos en la avioneta. En cuanto estés preparada. Podemos llegar a la pista de aterrizaje en cuarenta y cinco minutos.

–Tú no vienes –dijo ella–. Tu familia te necesita aquí hoy. Lo merecen.

–¿Y tú qué mereces, Winnie? Me has contratado para proteger tu casa.

–Y lo hiciste muy bien. Pero una de las mujeres rompió las normas y lo ha pagado con su vida. Lo pongas como lo pongas, no es tu batalla.

–No vamos a discutir –encendió la luz. Seguía desnudo, pero no le importaba.

Winnie lo miró.

–Toda tu familia está reunida para celebrar el cumpleaños de tu cuñado. Sería imperdonable que los decepcionaras.

–Necesitas a alguien a tu lado, Winnie. Alguien que te acompañe en todo esto.

Ella se quedó de piedra.

–No digas eso. Es mi problema, mi responsabilidad. Puedo manejarlo.

–Ya sé que puedes manejarlo, maldita sea. Pero no vas a hacerlo sola. Estamos juntos en esto.

–No, yo... –le tembló la voz.

–Termina de vestirte. Llamaré al piloto y me vestiré también. Regresaré en menos de diez minutos.

Larkin condujo hasta la pista de aterrizaje y realizaron todo el trayecto en silencio. Deseaba consolar a Winnie de la única manera que sabía, pero no era ni el momento ni el lugar.

Una vez en la avioneta, Larkin pidió que no los molestaran. Winnie se sentó frente a él, y al cabo de un rato, lo miró con sus ojos verdes y dijo:

–Creo que no deberías estar aquí. Pero soy lo bastante egoísta como para alegrarme de que así sea.

–No me gustaría estar en ningún otro sitio. Mi hermana y el resto de la familia lo comprenderán.

–Espero que así sea. Has sido muy bueno conmigo, Larkin. No pienses lo contrario. Y aunque no te des cuenta, me has sacado de un largo letargo. Me preguntaste por qué hago lo que hago. Creo que mereces saberlo.

Larkin levantó los reposabrazos de su asiento y le suplicó.

–Ven a sentarte conmigo, Winnie. Estás demasiado lejos.

Ella hizo lo que él le pedía. Al instante, tenía apoyada la cabeza en su regazo, y el cuerpo acurrucado en los otros dos asientos. Él le acarició el cabello. Quería que descansara, pero al mismo tiempo necesitaba escuchar el secreto que ella estaba dispuesta a compartir.

Esperó.

Cuando le rodeó la cintura con el brazo derecho, ella entrelazó los dedos con los de él.

–Ocurrió cuando mis padres murieron –dijo ella–. El abogado de nuestra familia era un hombre de unos cuarenta años. Fue muy amable conmigo, y me ayudó mucho después del *tsunami*. Había muchas cosas que solucionar. Yo quería tomar un avión para ir allí, pero él me convenció de que era mejor que me quedara en casa. Cuando empezaron a salir las fotos y los videos, supe que tenía razón.

–¿No dijiste que recuperaron los cuerpos?

–Finalmente sí. Conocía al señor Parker, el abogado, durante años. Entonces, allí insistió en que lo llamara Mike. Y durante el funeral, estuvo allí, sujetándome la mano. No sé lo que habría hecho sin él.

Larkin cerró el puño. Sabía que algo no le iba a gustar.

–¿Y después?

–Pasaba a verme a menudo. A veces, incluso pasaba la noche en casa, siempre con la excusa de que era demasiado tarde para conducir hasta la ciudad. Yo nunca sospeché nada.

–Pero algo había cambiado.

–Sí –dijo ella–. Algo había cambiado. Una noche, después de la cena, el ama de llaves se marchó. Mike estaba sentado conmigo en el salón. Me dijo que quería hablar de mi futuro. Yo le conté lo que pensaba al respecto. Quería viajar un poco y, quizá, estudiar un grado superior. Entonces, él…

–¿Qué?

–Yo había estado llorando por mis padres. Y él me besó. En un principio pensé que trataba de que me sintiera mejor, pero me puso la mano en el pecho.

–¡Maldito sea! –Larkin no fue capaz de disimular su reacción. Al ver que Winnie se ponía tensa, añadió–. Lo siento, amor –le acarició la mejilla.

–Yo no sabía qué hacer. Me sentía incómoda. Era más joven que mi padre, pero lo bastante viejo como para poder tener hijos de mi edad. Estaba confundida y disgustada. No sabía nada de los chicos, y mucho menos de los hombres. Él…

Winnie se calló y Larkin vio que se había sonrojado por la vergüenza.

–Está bien, Winnie. No tienes que darme todos los detalles.

Ella asintió y siguió hablando:

–Continuó acariciándome mucho rato y, después, me desnudó. Sé que parezco una idiota ignorante, pero yo no imaginaba lo que iba a suceder. Llevaba semanas ocupándose de mí. Era difícil creer que podía hacerme daño.

–Pero lo hizo.

–Me robó la virginidad contra mi voluntad. Cuando me quejé en serio, ya no conseguí que parara. No fue especialmente violento, solo doloroso y aterrador.

Larkin se estremeció de furia. Tenía los ojos humedecidos por las lágrimas. Se las secó con el dorso de la mano.

–Lo siento mucho –le costó pronunciar las palabras. Lo atormentaba el dolor que ella no podía describir–. ¿Qué pasó después? –preguntó cuando recuperó la compostura.

–Se fue a casa. Dijo que regresaría por la mañana para hablar. Más tarde, descubrí que tenía esposa e hijos esperándolo. Subí a mi habitación y lloré hasta quedarme dormida. Pensé en llamar a la policía pero sabía que él lo negaría todo, o que le daría la vuelta a la historia para que pareciera que yo se lo había suplicado. Así que descansé. Y esperé.

–¿Y por la mañana?

–Él regresó con varios papeles. Me dijo que lo mejor para mí era que él controlara mi dinero. Que yo era demasiado joven para tomar decisiones importantes. Que puesto que éramos amantes, cuidaría de mí.

–¿Y qué le dijiste?

–Le dije que no. Él no podía creerlo. Lo acusé de haberme violado. Le dije que se marchara y que no regresara nunca más. No sé de dónde saqué el valor, pero creo que lo sorprendí.

–Porque esperaba que cayeras en su trampa.

–Sí.

–Eres una mujer impresionante, Winnie. Algo me dice que él no se lo tomó tan bien.

–No. Al principio trató de desnudarme otra vez. Le di un rodillazo en la entrepierna. Después, lo intentó con amenazas. Me reía de él. Me dijo cosas horribles acerca de que ningún hombre me querría después de lo que había sucedido y que era negada para el sexo. Durante mucho tiempo lo creí.

–Canalla…

–Me lanzó contra una pared y me rompió la mandíbula –se encogió de hombros–. Salió corriendo. Creo que se asustó al ver la sangre. Cuando todo terminó, busqué a un abogado y presenté cargos contra él. Mike está cumpliendo condena en una cárcel federal. Hice lo que hice porque vengo de una familia educada y con dinero. Tenía opciones y podía elegir. Las mujeres con las que trabajo no tienen nada de eso. Permanecen más tiempo de lo que deberían junto a sus maltratadores, a veces demasiado tiempo. Ahora ya sabes por qué tengo que ayudarlas.

Larkin agachó la cabeza.

–Gracias por contármelo. Nos queda una media hora para aterrizar. ¿Por qué no te tumbas e intentas dormir?

Winnie cerró los ojos y enseguida se quedó dormida. Contar su secreto la había dejado agotada emocionalmente.

Al conocer la verdad, él experimentó un fuerte

dolor que inundaba cada célula de su cuerpo. No tenía sentido, pero se sentía culpable por no haber podido salvarla.

¿Y qué pasaría después? ¿Quién evitaría que alguien le hiciera daño en un futuro? No podía responder a su pregunta. No, si quería sobrevivir.

Un par de horas más tarde, cuando Winnie entró en la casa refugio, las mujeres la rodearon aliviadas. La presencia de Winnie las tranquilizaba.

Le había pedido a Larkin que permaneciera fuera hasta que ella lo llamara.

–Hola, señorita Winnie –dijo Esteban, dando un paso adelante–. La he echado de menos –rompió a llorar y ella se arrodilló para abrazarlo.

Winnie le susurró al oído:

–Todo va a salir bien, mi niño. No te preocupes.

Al cabo de unos momentos, el pequeño se separó de ella y se secó las lágrimas con la manga.

–¿Y el señor Wolff?

Winnie sonrió.

–Está fuera. ¿Quieres venir a verlo conmigo?

En el jardín, Winnie se quedó a un lado mientras Larkin abrazaba al pequeño. Ambos mantuvieron una conversación que ella no pudo oír, pero algo de lo que Larkin dijo hizo reír a Esteban.

En la casa, ella permitió que Larkin la mimara. Él la llevó al dormitorio y le preguntó:

–¿Una ducha?

Ella asintió.

–Pero contigo. Dúchame. Hazme el amor. Duerme conmigo.

Mientras la bañaba en la ducha, su miembro estaba erecto, sin embargo, sólo se centró en complacerla a ella. Después, la secó, la sentó en un taburete y le peinó el cabello.

Cuando la metió en la cama, ella lo agarró del brazo.

–Te necesito –dijo ella.

Él dudó un instante. En su mirada, ella vio la realidad. Él lo estaba intentando, pero era demasiado. Eso era exactamente lo que Larkin no quería. Una mujer dependiente. Una relación en la que él tuviera que desempeñar el papel de protector.

–No importa –dijo ella–. Estoy bien –sonrió–. De veras. Por favor, apaga la luz cuando te vayas. Puedes irte. No te necesito. Está bien.

–Lo siento –murmuró él–. Lo siento –se volvió hacia la puerta y se marchó.

Seguía teniendo responsabilidades. Esteban la necesitaba. La vida continuaba.

Larkin la encontró en el salón. Estaba sentada delante del piano.

Cuando terminó de tocar, ella cerró la partitura y comenzó a llorar.

Él no pudo soportarlo y se acercó.

–No, mi amor. No llores.

Ella levantó la cabeza.

–Te marchaste.

–No –dijo él–. No lo hice. No podía hacerlo. No quería. He estado caminando alrededor de la finca, esperando a que te despertaras –se sentó en el banco, sin tocarla.

Ella enderezó la espalda.

–He tocado para ti.

Él la rodeó con el brazo y ella apoyó la cabeza en su hombro.

–Cuando mis padres murieron, toqué durante meses con sentimiento de culpa.

Larkin la besó en el cuello.

–Eres una mujer impresionante. Y estoy enamorado de ti. Cásate conmigo, Winnie. Hablo en serio. La besó en la nariz. Y ya que estoy, si Esteban no tienen otros familiares que puedan cuidar de él, quizá podamos pensar en adoptarlo.

Winnie comenzó a llorar.

–Anoche no dormiste nada. Estás delirando.

–Nunca he estado más cuerdo.

–Odias las responsabilidades. Te gusta la libertad. Y la mereces, Larkin.

–Ambos hemos vivido cosas terribles, pero creo que hemos salido bastante bien –la miró a los ojos–. Te quiero, Winifred Bellamy. Me encanta tu pasión por la vida y tu coraje. Y la manera en que tu cuerpo recibe al mío. Me encanta cómo has encajado en mi familia. Ahora eres parte de ella. Wolff Mountain te reclama. Yo te reclamo. Dime que te casarás conmigo. Podemos esperar seis meses o un año. Si eso hace que te sientas mejor, pero no cambiaré de opinión.

–¿Y si te digo que sí porque quiero formar parte de tu maravillosa familia?

–¿Has dicho sí? –preguntó con una sonrisa.

–Quizá.

–Creo que podría soportarlo. ¿Me quieres?

–Sabes que te quiero.

Él la besó despacio, demostrándole lo que no podía decirle con palabras. Al sentir los senos de Winnie contra el torso, él sintió que perdía el control.

Ella lo guio hasta el dormitorio, cerró la puerta, se quitó la blusa y lo empujó para que se tumbara en la cama.

Retozaron como adolescentes, riéndose y jadeando mientras se desnudaban.

–No sabía qué era lo que Devlyn, Annalise y mis primos habían encontrado. Pensaba que yo era diferente. Que no podría tener lo que ellos tienen.

Ella lo guio para que la penetrara. El roce de sus dedos sobre su sexo era maravilloso. Cuando sus cuerpos estuvieron unidos, él suspiró.

Winnie tenía los ojos cerrados y sonreía.

–¿Y qué es lo que ellos tienen, querido Wolff?

Él arqueó la cadera, provocando que ella gimiera.

–Amor, Winnie. Los Wolff tienen amor…

Epílogo

Vincent Wolff estaba semiescondido tras una columna observando la habitación llena de gente. Había algunos conocidos, amigos cercanos y, sobre todo, familia. Mucha familia.

Los dieciocho meses anteriores, Victor y él habían ampliado la casa de Wolff Castle y, en ella, habían incluido una capilla.

Esa noche, el salón de baile estaba lleno de velas, risas y música. Era la boda de su hijo Larkin. Y de su prometida, Winnie.

Aunque Victor había intuido desde un principio que Winnie podía ser una pareja perfecta para Larkin, se había preguntado más de una vez si ese día llegaría. Al ver una expresión relajada en el rostro de Larkin y de su futura esposa, los miedos de Vincent desaparecieron. Su hijo había encontrado el amor.

Devlyn era el padrino de boda de su hermano. Vincent no había participado porque años atrás había fallado a sus hijos y el dolor que les había causado no había cicatrizado todavía.

Tras el nacimiento de Devlyn, la esposa de Vincent se había convertido en alguien que él apenas reconocía. Vincent suponía el motivo, pero nunca lo había hablado con nadie, y Dios era testigo de que no se había enterado del terrible comportamiento de su esposa hasta que fue demasiado tarde.

Además, la verdadera causa de su enfermedad nunca saldría a la luz. No había motivo para ello. La vida continuaba. Él seguía pagando por sus errores, y contar lo que sabía no lo exculparía.

Era mejor que algunos secretos se enterraran con los muertos...